Œuvres&thèmes
CLASSIQUES HATIER

Collection dirigée
par Hélène Potelet et Georges Décote

Ovide

Narcisse
et autres métamorphoses

Texte adapté du latin
par Michèle Busseron et Hélène Potelet

Groupement de textes
Le thème de la métamorphose à travers les siècles

Et un dossier Histoire des arts
Dieux et métamorphoses à travers les arts

ISBN 978-2-218-99137-0
ISBN 01840851

Michèle Busseron et Hélène Potelet,
agrégées de lettres classiques

Hatier

SOMMAIRE

BILAN DE LECTURE

GROUPEMENT DE TEXTES : LE THÈME DE LA MÉTAMORPHOSE À TRAVERS LES SIÈCLES

DOSSIER HISTOIRE DES ARTS : DIEUX ET MÉTAMORPHOSES À TRAVERS LES ARTS

L'AIR DU TEMPS

Le contexte historique

- La jeunesse d'Ovide se déroule pendant les guerres civiles qui ensanglantent la fin de la République : **César est assassiné** un an avant sa naissance en 44 avant J.-C.
- En 27 avant J.-C., **le petit-neveu de César, Octave**, devient le premier empereur romain sous le nom d'**Auguste**.
- Le règne d'Auguste **ramène la paix** à l'extérieur comme à l'intérieur. Il restaure la religion et la famille et accroît la prospérité de Rome. Mais sans supprimer les institutions républicaines, il établit en réalité un **régime autoritaire** : en 8 après J.-C., Ovide sera exilé sans que l'on en connaisse les raisons véritables.

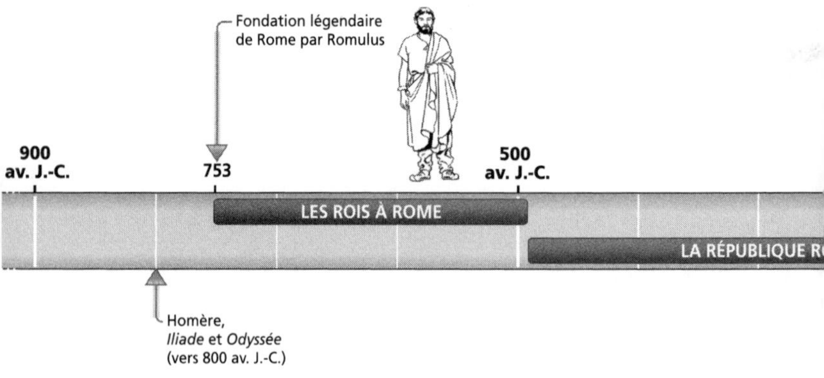

Le contexte culturel

- **Avec son ami Mécène,** Auguste protège **les Lettres et les arts** : il fonde des bibliothèques publiques et encourage les artistes et les écrivains. C'est l'**âge d'or du classicisme latin** qu'on appelle aussi « **le siècle d'Auguste** ».
- La poésie brille avec **Virgile** : dans l'***Énéide,*** le poète raconte les origines divines et troyennes de Rome. L'histoire est illustrée par **Tite-Live** qui exalte les valeurs morales traditionnelles dans son *Histoire de Rome*.
- Auguste lance une **politique de grands travaux** pour embellir Rome : il disait avec fierté qu'il avait trouvé « une ville en briques » et laissé « une ville en marbre ».

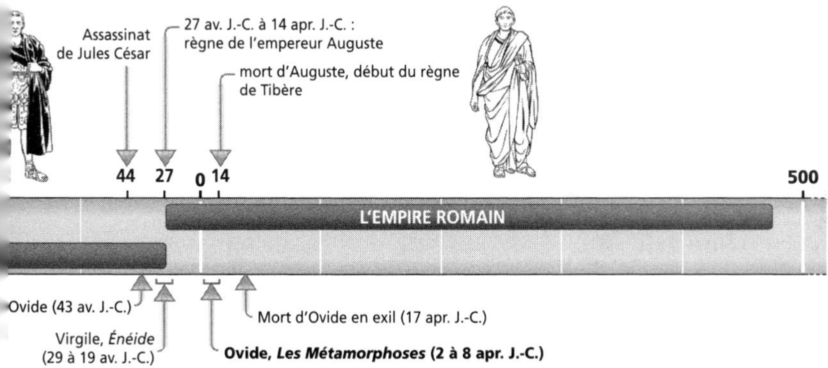

Ovide (43 avant J.-C.-17 après J.-C.)

Qui était Ovide ?

Buste d'Ovide, marbre, Florence, galerie des Offices.

► Ovide, de son nom latin **Publius Ovidius Naso**, est un **poète latin** né en **43 avant J.-C.** à Sulmone, en Italie. Issu d'une famille aisée, il fait de brillantes études et complète sa formation par un voyage en Grèce et en Asie Mineure.

► Très tôt, il renonce à une carrière politique pour se consacrer à la **poésie**. Il devient alors le poète de la haute société romaine, riche et cultivée, rencontre des écrivains tels que **Virgile,** l'auteur de l'*Énéide*. Il se consacre d'abord à la poésie amoureuse et connaît un vif succès avec l'*Art d'aimer*, recueil dans lequel il donne des conseils aux jeunes gens pour séduire l'être aimé. Puis il compose, pendant plusieurs années, un vaste recueil de légendes, *Les Métamorphoses*.

Son exil

► En 8 après J.-C., pour des raisons mal connues, Ovide est exilé, sur ordre de l'empereur Auguste, au bout du monde romain, à Tomes, sur les bords du Pont-Euxin. En proie à la tristesse, il écrit les *Tristes* et les *Pontiques*, poèmes dans lesquels il chante sa douleur. Malgré ses supplications, il n'obtient pas le pardon d'Auguste, ni celui de Tibère, son successeur. Il meurt dans la solitude, en **17 après J.-C.**

Les Métamorphoses

L'œuvre d'Ovide : *Les Métamorphoses*

► *Les Métamorphoses* sont écrites en vers et en langue latine : plus de **12 000 vers** y sont regroupés en quinze livres. On y trouve les récits de plus de deux cents **mythes grecs et latins**. Un mythe est un **récit légendaire** qui fournit une explication des phénomènes naturels ou humains (par exemple, origine d'une fleur, d'un animal, d'une particularité géographique...).
Ces mythes sont fondés, pour la plupart, sur une **métamorphose** (transformation) d'hommes ou de dieux en bêtes, en plantes, en rochers...

► Les récits s'enchaînent selon un **ordre chronologique**, de la création du monde, conçue comme la première des métamorphoses, jusqu'à la mort de Jules César. Les derniers livres s'attachent plus particulièrement à l'histoire de Rome. L'ouvrage se termine par la métamorphose de César en comète.

Les récits présentés dans cet ouvrage

Vous trouverez dans cet ouvrage les récits de seize métamorphoses :

► **celles qui expliquent le monde et les phénomènes naturels** : la naissance de l'univers et la recréation des hommes et des femmes (histoire de Deucalion et Pyrrha) ; la course du soleil dans le ciel (histoire de Phaéton) ; les saisons (enlèvement de Proserpine) > textes 1, 2, 3 et 4 ;

► celles à **portée morale**, qui se présentent comme des **punitions** (les pirates métamorphosés en dauphin, l'enfant changé en lézard, Arachné), comme des **consolations** (Cyparissus) ou comme des **récompenses** (Midas) > textes 5, 6, 7, 8 et 9 ;

- celles **qui sont liées à l'amour**, qu'il s'agisse **d'échapper** à l'amour (Daphné), **de séduire** (histoire d'Europe) ou **de souffrir** du mal d'amour (Écho et Narcisse) > textes 10, 11, 12 et 13 ;
- celles qui sont liées à la **création artistique** et permettent de transformer la matière : désir de changer l'homme en oiseau (Dédale et Icare), donner la vie à une statue (Pygmalion) > textes 14 et 15 ;
- enfin, celle qui est interdite et qui consiste à vouloir **ressusciter les morts** (Orphée et Eurydice) > texte 16.

Le thème de la métamorphose à travers les siècles

- *Les Métamorphoses* ont connu un grand succès à travers les siècles et ont été la **source d'inspiration** de nombreuses œuvres littéraires et artistiques.
- Le thème de la métamorphose se retrouve, par exemple, dans un roman de l'Antiquité (*L'Âne d'or* d'Apulée > p. 124), dans les contes merveilleux (« Cendrillon » de Charles Perrault ; « La Belle et la Bête » de Mme Leprince de Beaumont > p. 128 et 132...), dans des récits comme *Alice au pays des merveilles*, de Lewis Carroll > p. 136.
- Ce thème est encore présent au XXIe siècle dans les romans de la saga *Harry Potter*, de J.K. Rowling > p. 141, ou dans les séries américaines qui mettent en scène les super-héros de bandes dessinées, comme Spiderman > p. 123.

Gian Lorenzo Bernini
dit Le Bernin (1598-1680),
Apollon et Daphné, sculpture,
Rome, galerie Borghèse.

Ovide
Les Métamorphoses

« Le ciel devint la demeure des dieux. »

Avant la formation de la mer, de la terre et du ciel, le monde était une masse informe, indistincte : c'était le chaos. Tous les éléments étaient mêlés et se combattaient entre eux.

Un dieu créateur, à moins que ce ne soit la Nature elle-même, mit fin à ces combats. Il sépara les éléments et leur attribua à chacun une place fixe.

Le feu brilla dans le ciel et occupa la région la plus élevée. Au-dessous vint se placer l'air léger ; la terre, plus lourde, fut fixée plus bas ; enfin, l'eau prit la dernière place et entoura la terre.

Ce travail achevé, ce dieu architecte façonna la terre : il la fit plate et ronde, comme un immense disque. Ensuite il forma les vastes étangs, les lacs et les fleuves ; sur son ordre, les plaines s'étendirent, les vallées s'abaissèrent, les montagnes élevèrent leurs sommets et les forêts se couvrirent de feuillages. Il établit ensuite cinq zones climatiques : la zone centrale, brûlée par le soleil, est rendue inhabitable ; les deux zones qui sont dans la région des pôles se couvrent de neiges et de glaces éternelles ; les deux zones intermédiaires bénéficient d'un climat tempéré : le chaud se mêle au froid. Il ajouta dans les airs les vents, les brumes et les nuages ; et les astres commencèrent à briller dans les cieux.

Pour que chaque région ait ses habitants, le ciel devint la demeure des dieux[1], les eaux se peuplèrent de poissons aux luisantes écailles, la terre de bêtes sauvages, et l'air d'oiseaux qui battent des ailes.

Mais il manquait encore un animal plus noble, plus intelligent et digne de commander à tous les autres. C'est ainsi que l'homme naquit : soit le créateur de l'univers le forma à partir d'un germe divin, soit c'est Prométhée, un Titan ingénieux[2], qui le modela avec de la boue et de l'eau. Et, à la différence des autres animaux, qui courbent la tête et regardent la terre, l'homme, lui, peut la lever et porter ses regards vers les cieux.

Dans les premiers temps de l'humanité, les hommes ne connurent ni les durs travaux, ni la guerre : la nature leur offrait une nourriture abondante. On appela cette période l'âge d'or. Mais avec le temps les hommes devinrent de plus en plus mauvais, leurs conditions de vie se dégradèrent. On passa de l'âge d'or à l'âge d'argent, puis à l'âge de bronze et à l'âge de fer. À la fin, tous les crimes envahirent la terre : les hommes se rendirent coupables de fraudes, de ruse, de trahison et de violence.

Du haut de son palais dans le ciel, Jupiter Tonnant entra dans une violente colère. Il convoqua tous les dieux qui accoururent à son appel. Ils empruntèrent la voie lactée[3] à la blancheur éclatante et vinrent prendre place dans la

1. Des dieux : Rhéa et Cronos (Saturne), nés de l'union du Ciel et de la Terre eurent des enfants, dont Jupiter, Neptune, Pluton. Voir « Le Saviez-vous ? » p. 21.
2. Un Titan ingénieux : un des fils du Ciel et de la Terre.
3. La voie lactée : selon la légende, la voie lactée se forma de quelques gouttes de lait tombées des mamelles de la chèvre Amalthée qui nourrit Jupiter enfant.

grande salle de marbre. Jupiter était assis sur son trône, s'appuyant sur son sceptre d'ivoire ; il secoua plusieurs fois sa redoutable chevelure, ce qui fit trembler la terre, la mer et jusqu'aux astres. Puis il prit la parole pour exprimer son indignation :

– Je veux anéantir la race des humains, j'en fais le serment par le Styx[4], le fleuve des Enfers. J'ai déjà puni le plus méchant des mortels, Lycaon. Quel fut son crime, quelle fut sa punition, c'est ce que je vais vous apprendre.

Comme j'avais entendu dire que les hommes étaient malhonnêtes et méchants, j'ai voulu m'en assurer par moi-même. Je suis donc descendu sur terre sous l'apparence d'un humain, et me suis mis à parcourir les villes et les pays. Il serait trop long d'énumérer les crimes que j'ai rencontrés partout. Mais il me fallait aller chez Lycaon, tyran d'Arcadie[5], que je savais le plus cruel de tous les hommes. Lorsque je suis arrivé, les habitants, ont deviné à certains signes que j'étais un dieu. Tous m'ont adressé des prières, tous sauf Lycaon qui s'est moqué d'eux :

– Eh bien ! Nous allons voir si ce voyageur est un mortel ou un dieu ! leur a-t-il dit. Je vais l'éprouver à ma façon. Et la vérité éclatera !

Son projet était bel et bien de me tuer pendant mon sommeil. Mais auparavant il se prépare à me servir le plus horrible des festins. D'un coup d'épée, il coupe la gorge d'un esclave, fait bouillir dans l'eau une partie de ses

4. Le Styx : dans l'Antiquité, si quelqu'un jurait par le Styx, son serment devenait inviolable.
5. Arcadie : région de Grèce.

chairs et rôtir le reste à la flamme. Lorsque le plat maudit paraît sur la table, je comprends aussitôt son plan. Je lance ma foudre, d'immenses éclairs strient le ciel, son palais s'écroule. Lycaon lui-même, saisi de terreur, s'enfuit et court dans la campagne, il voudrait crier, mais il ne peut plus parler, il ne peut que pousser de longs hurlements. Assoiffé de sang il massacre ses troupeaux. Il découvre avec horreur que ses vêtements se changent en poils, ses bras en pattes, son visage s'allonge. Il a un goût âcre dans la bouche, le goût de la mort, le goût du sang. Il conserve quelques restes de son ancienne apparence : ses poils gris rappellent la couleur grisâtre de ses cheveux ; et il a toujours le même air féroce, les mêmes yeux luisants de haine : un loup sauvage, voilà ce qu'il est devenu. Mais il n'est pas le seul à mériter un châtiment. Plus de retard ! Il faut que tous les hommes périssent ! Je vous le dis ! Je vais provoquer un immense déluge qui anéantira tout.

Les dieux approuvèrent les paroles de Jupiter ; mais ils s'inquiétaient tout de même à l'idée de la disparition des humains :

– Qui viendra alors nous honorer, nous adresser des prières et nous offrir des sacrifices ? demandèrent-ils ?

Le maître des dieux les rassura en leur promettant une nouvelle race d'hommes qui repeuplerait la terre.

Extraits du livre I.

QUESTIONS SUR LE TEXTE 1

AI-JE BIEN LU ?

1 Qu'y avait-il avant la création du monde ?
2 Qui a organisé l'univers ?
3 Quel être a été créé en dernier ? En quoi diffère-t-il des autres ?
4 Pourquoi Jupiter s'est-il mis en colère contre les hommes ?
5 En quoi Lycaon est-il métamorphosé ?

J'ANALYSE LE TEXTE

Le chaos et la première métamorphose du monde

> Le **chaos** désigne l'état de confusion dans lequel se trouvait l'univers avant la création.
> La **métamorphose** désigne le passage d'un état à un autre : le monde selon Ovide est né de la métamorphose du chaos devenu un monde organisé et harmonieux.

6 Quelle expression définit le chaos (l. 2) ?
7 **a.** Le créateur de l'univers est-il clairement identifié ?
b. Par quels termes est-il désigné (l. 5, 12 et 31) ?
8 Quelles différentes actions le créateur de l'univers a-t-il réalisées pour transformer le chaos en un monde organisé ? Reconstituez les principales étapes (l. 5-24).

> Les **quatre éléments** sont les principes constitutifs du monde : terre, eau, air, feu.

9 Comment le créateur de l'univers a-t-il réparti les quatre éléments (l. 8-11) ?

La création des êtres vivants

10 Quels êtres vivants ont été créés pour vivre dans l'eau, sur la terre, dans l'air (l. 25-28) ?

11 Comment l'homme a-t-il été créé ? À quelle fonction est-il destiné (l. 29-36) ?

12 **a.** Pourquoi les premiers temps de la vie sont-ils appelés « l'âge d'or » (l. 37-40) ?

b. Comment les hommes ont-ils évolué par la suite ? Quels différents âges se sont succédé ?

Un poème épique : l'intervention des dieux

> *Les Métamorphoses* forment un long poème épique. Ovide y met en scène des événements grandioses, telle la création du monde, et y fait intervenir des éléments merveilleux (que l'on ne peut expliquer de façon naturelle). On y trouve notamment des dieux à forme humaine, qui se mêlent à la vie des hommes.

13 Quelle voie les dieux empruntent-ils pour se rendre dans la demeure de Jupiter ?

14 Quelle image le narrateur donne-t-il de Jupiter et de son palais (l. 48-53) ?

La métamorphose de Lycaon

Le narrateur de la métamorphose

> Le **narrateur** est celui qui raconte l'histoire.

15 **a.** Qui raconte la métamorphose de Lycaon ?

b. À qui ? Et dans quel but ?

QUESTIONS SUR LE TEXTE 1

— Les raisons de la métamorphose

16 Quel genre de personnage Lycaon était-il avant sa métamorphose ?

17 **a.** Quel « crime » (l. 57) Lycaon a-t-il commis ?
b. Comment Jupiter le punit-il ?

— Le processus de transformation

18 **a.** Retrouvez les transformations subies par Lycaon (l. 79-90).

État initial	Nouvel état
La voix	
Les vêtements	
Les bras	
Le visage	

b. Quel caractère du loup retrouve-t-on chez lui ? Comment se manifeste-t-il dans son comportement ?

> Dans une métamorphose, les êtres conservent toujours quelque chose de leur forme antérieure.

19 Quels traits physiques Lycaon conserve-t-il de son état initial ?

La fonction morale

> Les récits de métamorphoses comportent souvent une **moralité**.

20 Quelle leçon morale peut-on tirer de la métamorphose de Lycaon ?

J'ÉTUDIE LA LANGUE

Vocabulaire : les préfixes

Le **préfixe** est un élément qui se place devant le radical d'un mot. Le préfixe change le sens du mot. Ex : forme / in-forme (qui n'a pas de forme).

21 « Le monde était une masse informe et indistincte ». Retrouvez les mots de la famille de « forme » à partir des préfixes dé-, trans-, con-, uni-.

a. Donner une autre forme à la matière c'est la ....former.
b. Enlever la forme initiale c'est ....former.
c. Une couleur qui ne comporte pas de nuances est une couleur ....forme.
d. Une décision légale est une décision ....forme à la loi.

LE SAVIEZ-VOUS ?

Les premiers dieux de la mythologie grecque

Gaia (la Terre) fut la première à surgir du chaos, ce fut aussi la première divinité. Elle enfanta **Ouranos** (le Ciel) avec qui elle s'unit.
Ils eurent de nombreux enfants qui, tous, étaient des monstres : les **Hécatonchires**, aux cent bras et aux cent têtes, les **Cyclopes**, à l'œil unique et les **Titans**, qui étaient des géants, et dont le dernier né était **Cronos** (en latin Saturne).
Ouranos, qui détestait les Cyclopes et les Hécatonchires, les enferma au plus profond de la Terre, dans le Tartare. Voyant cela, Gaia décida de punir ce père indigne. Elle demanda à **Cronos** de s'en charger. Après avoir blessé son père, qui s'enfuit, Cronos prit le pouvoir et épousa sa sœur, la Titanide Rhéa. Comme Ouranos, avant de mourir, lui avait prédit qu'il serait également détrôné par un de ses

fils, Cronos dévora systématiquement chacun de ses enfants, Hestia, Déméter, Héra, Hadès et Poséidon. Mais quand Rhéa mit Zeus au monde, elle le cacha et fit avaler à Cronos, à sa place, une pierre emmaillotée. Celui-ci ne s'aperçut de rien...
Zeus grandit donc caché dans une grotte de Crète où il fut élevé par des nymphes et nourri par la chèvre Amalthée. Dès qu'il fut jeune homme, Zeus alla trouver son père. Il lui donna à boire un breuvage qui lui fit aussitôt vomir ses cinq frères et sœurs. Les trois frères, Zeus, Hadès et Poséidon, décidèrent de se partager le monde. **Poséidon** eut l'empire des **mers** ; **Hadès** le royaume souterrain des **Enfers** ; Zeus fut le maître du **ciel**, de la **lumière** et de la **foudre** : il avait par conséquent la royauté absolue sur le monde et les dieux.

Les dieux de l'Olympe : Poséidon, Apollon et Artémis, frise du Parthénon, marbre, Athènes, musée de l'Acropole.

« L'eau monte, encore et encore. »

Jupiter décide de provoquer un déluge pour punir les hommes de leur méchanceté.

Jupiter enferme l'Aquilon[1] et tous les vents qui chassent les nuages et libère le Notus, le vent du sud qui amène la pluie. Le Notus lève son visage effrayant ; sa tête est couverte d'un épais et sombre nuage ; l'eau ruisselle de ses cheveux blancs et de ses ailes. Dès qu'il a pressé les nuages suspendus dans les airs, un grand bruit se fait entendre, et des torrents de pluie s'échappent du haut des cieux. La messagère des dieux, Iris à la robe d'arc-en-ciel[2], aspire les eaux de la mer et alimente les nuages. Les moissons sont renversées, les paysans se désolent.

Mais cela ne suffit pas à Jupiter. Il demande de l'aide à son frère Neptune qui accourt du fond de l'Océan. Il convoque les dieux des fleuves et leur demande de renverser les digues et de lâcher les eaux. Il parle : on obéit, et les fleuves roulent leurs flots furieux vers la mer, entraînant tout sur leur passage, hommes, arbres, troupeaux, maisons et sanctuaires des dieux.

L'eau monte, encore et encore. Les hommes se réfugient au sommet des collines ou tentent de s'enfuir dans une barque, naviguant au-dessus de ce qui était leur champ de

1. Aquilon : vent du Nord.
2. Iris à la robe d'arc-en-ciel : messagère des dieux, déesse de l'arc-en-ciel. Les Anciens pensaient que l'arc-en-ciel gonflait d'eau les nuages.

blé, leur vigne, leur ferme. Des poissons sont perchés sur les arbres, les phoques se sont rassemblés là où broutaient les chèvres graciles[3] ; les dauphins habitent les forêts, et bondissent sur la cime des chênes. On voit nager le loup au milieu des brebis ; les flots entraînent les lions roux et les tigres farouches. Les oiseaux fatigués volent longtemps pour chercher une terre où reposer leurs ailes, et bientôt, ils se laissent tomber dans la mer.

La plus grande partie du genre humain périt dans les flots, et ceux que le déluge a épargnés meurent de faim.

La terre entière est recouverte par une immense étendue d'eau. Seul émerge le double sommet du mont Parnasse[4]. C'est là qu'échoue la petite barque de Deucalion et Pyrrha. Deucalion était le fils de Prométhée, le Titan qui avait modelé les hommes[5] et Pyrrha était à la fois son épouse et sa cousine. Tous deux étaient bons, épris de justice et fidèles adorateurs des dieux. Personne n'était meilleur qu'eux.

Ils ne virent autour d'eux qu'une immensité d'eau, aucun signe de vie...

Jupiter les remarqua et les prit en pitié. Il ordonna aux vents de souffler, et de chasser les nuages. Dans la mer, Neptune dépose son trident[6]. Il appelle Triton[7], le dieu azuré aux épaules couvertes de coquillages, et lui demande de souffler dans sa trompette. Aussitôt, les

3. Graciles : d'une délicatesse et d'une grâce fragile.
4. Mont Parnasse : montagne de Grèce, près de Delphes, où se tenaient Apollon, dieu de la poésie, et les Muses (voir carte p. 9).
5. Qui avait modelé les hommes : voir texte 1 p. 14.
6. Trident : fourche à trois dents, attribut du dieu des mers.
7. Triton : dieu marin.

fleuves regagnent leur lit, les eaux baissent lentement ; des collines et des arbres réapparaissent.

La terre retrouve sa forme première, mais elle est dévastée, déserte, silencieuse.

Les yeux de Deucalion se remplirent de larmes.

– Qu'allons-nous devenir, ma tendre épouse ? Nous sommes maintenant seuls au monde, tous les autres êtres vivants ont été ensevelis sous les eaux. Hélas ! que serais-tu devenue si tu avais seule survécu ? Et moi comment aurais-je pu te survivre si la mer t'avait engloutie ? Oh ! si seulement je pouvais façonner de nouveaux humains comme mon père, le Titan Prométhée, l'a fait autrefois !

Et tous deux pleuraient. Dans leur désespoir, ils décidèrent d'implorer la déesse Thémis[8] ; son sanctuaire se dressait non loin de là, sur les bords du fleuve Céphise[9] dont les eaux étaient encore boueuses. Quand ils eurent atteint les marches du temple, ils se prosternèrent et se mirent à prier la déesse de la justice.

– Dis-nous, Thémis, par quels moyens repeupler le monde. Accorde-nous ton secours, ô déesse miséricordieuse.

La déesse Thémis, touchée par leur détresse, rendit cet oracle[10] :

– Quittez le temple, voilez votre tête et dénouez la ceinture de vos vêtements ; et jetez derrière vous les os de votre grand-mère.

---

8. Thémis : fille d'Ouranos et de Gaia (voir texte 1 p. 14) ; déesse de la justice.
9. Fleuve Céphise : fleuve de Béotie (Grèce ; voir carte p. 9).
10. Oracle : réponse donnée par un dieu à une question personnelle.

Frappés d'étonnement, Deucalion et Pyrrha restèrent longtemps sans rien dire. Pyrrha la première osa parler d'une voix tremblante :

– Pardonne-moi, déesse, mais je redoute d'offenser l'ombre de ma mère morte.

Tous deux réfléchirent longuement aux propos de la déesse et en cherchèrent le sens mystérieux. Enfin Deucalion proposa à son épouse cette interprétation rassurante :

– Non l'oracle ne nous demande pas de commettre un crime : notre grand-mère, c'est la Terre, et ses os, ce sont les pierres que nous devons jeter derrière nous.

Tous deux étaient encore un peu inquiets et troublés ; mais ils décidèrent d'essayer. Tête voilée, ceinture dénouée, ils avancent en lançant des cailloux derrière eux.

Et ces cailloux en tombant perdent de leur dureté et s'amollissent ; peu à peu ils s'allongent et prennent une vague forme humaine. Les parties humides deviennent des chairs, les parties plus solides sont transformées en os. Et ainsi, en un court instant, les pierres lancées par Deucalion prirent la forme d'un homme, et celles lancées par Pyrrha la forme d'une femme.

Voilà pourquoi nous sommes une race dure et résistante au travail, nous qui sommes issus des pierres de la terre.

Extraits du livre I.

AI-JE BIEN LU ?

1 Pour quelle raison Jupiter souhaite-t-il détruire les hommes ? Quel moyen a-t-il choisi ?

2 Quels sont les deux personnages qui ont échappé au déluge ? Pour quelle raison ?

3 Comment recréent-ils l'humanité ?

J'ANALYSE LE TEXTE

Le déluge : la dimension épique et merveilleuse

> Un des thèmes de l'épopée est l'affrontement entre **les hommes et les éléments**. Et souvent, les **dieux interviennent** pour modifier le cours des événements, ce qui donne au texte une **dimension merveilleuse**.

— L'intervention des dieux

4 **a.** Qui sont Notus, Iris et Neptune ?

b. Quel est le lien de parenté de Neptune avec Jupiter ? Quel est son attribut ?

> On appelle **anthropomorphisme** (du grec *anthropos*, « homme » et *morphê*, « forme ») le fait de représenter les dieux sous une forme humaine.

5 **a.** Relevez les expressions qui caractérisent Notus et Iris. Quelles sont leurs caractéristiques humaines (l. 1-9) ?

b. Quelle image le narrateur donne-t-il de chacune de ces divinités ?

6 Quel est le rôle de Notus, d'Iris et de Neptune dans le phénomène du déluge (l. 1-17) ?

QUESTIONS SUR LE TEXTE 2

— Le déchaînement des éléments

7 Le champ lexical

> On appelle **champ lexical** un ensemble de mots (verbes, noms, adjectifs) qui renvoient à une même notion. Ex : terreur, panique, effrayant, trembler appartiennent au champ lexical de la peur.

Relevez les champs lexicaux de l'eau et de la destruction (l. 1-30).

8 L'allitération

> L'**allitération** est la répétition d'un même son consonne dans une suite de mots rapprochés (Ex : Le bébé boit son biberon → allitération en b).

« Les fleuves roulent leurs flots furieux vers la mer » (l. 15) : quelles sonorités sont répétées ? Quel est l'effet produit ?

Les règnes

> Dans la nature, on distingue **trois règnes** : animal, végétal, minéral (pierres...).

9 Relisez les lignes 18-28. Pourquoi peut-on dire que le déluge provoque une métamorphose du monde ? Pour répondre, montrez, en citant le texte, que la nature est bouleversée, que les éléments (terre et mer) et les règnes sont mêlés.

Les survivants

10 **a.** Les hommes sont-ils capables de lutter contre les éléments ? Justifiez votre réponse.
b. Relevez les termes qui signalent un retour à l'ordre (l. 41-49).

11 **a.** Qui sont Deucalion et Pyrrha ?
b. Quelles sont leurs qualités ? Citez le texte (l. 36-38).

12 **a.** Quelle déesse implorent-ils ? Quel oracle leur donne-t-elle ?
b. Pour quelle raison hésitent-ils à obéir à l'oracle ?
c. Qui parvient à résoudre le sens véritable de l'oracle ? Sur quel jeu de mots est-il fondé ?

La recréation des hommes

13 Quels sont les éléments qui se métamorphosent en humains ? Relevez les verbes qui expriment une transformation (l. 87-93).

14 Quelles sont les qualités de ces nouveaux humains ? Montrez que la métamorphose explique ces qualités.

J'ÉTUDIE LA LANGUE

Conjugaison : l'impératif

15 Réécrivez les deux répliques suivantes en imaginant que Deucalion et Pyrrha vouvoient Thémis (réplique 1) et que Thémis répond à l'un d'eux en le tutoyant (réplique 2). Faites les autres modifications qui s'imposent.

a. Réplique 1 : « Dis-nous, Thémis, par quels moyens repeupler le monde. Accorde-nous ton secours, ô déesse miséricordieuse. »

b. Réplique 2 : « Quittez le temple, voilez votre tête et dénouez la ceinture de vos vêtements ; et jetez derrière vous les os de votre grand-mère. »

J'ÉCRIS

Décrire un orage

16 Vous avez été surpris par un violent orage. Racontez.

CONSIGNES D'ÉCRITURE

- Précisez en deux ou trois phrases les circonstances et le lieu (ville, mer, campagne, montagne...).
- Signalez l'irruption de l'orage par un terme comme « tout à coup, soudain... »
- Utilisez les champs lexicaux de l'eau, du bruit, de la violence.

QUESTIONS SUR LE TEXTE 2

LE SAVIEZ-VOUS ?

Les oracles dans l'Antiquité

Les Anciens avaient coutume de consulter les dieux avant de prendre une décision importante. Les réponses à leurs demandes étaient appelées **des oracles** ; elles étaient données dans des temples ou sanctuaires. Un des oracles les plus célèbres est celui d'**Apollon à Delphes**, en Grèce.

On dit que **la Pythie**, prophétesse d'Apollon, les cheveux dénoués, transmettait les réponses du dieu. Elle était installée sur un trépied (tabouret à trois pieds) au-dessus d'un gouffre et répondait aux questions par des cris inarticulés ou par des vers dont il fallait interpréter le sens.

« Le char de feu embrase le monde. »

Sur les bords du Nil, en Éthiopie[1], vivaient deux jeunes garçons de même âge : Épaphus était le fils de Jupiter tandis que Phaéton avait pour père le dieu Soleil[2]. Un jour, alors que Phaéton se vantait d'être le fils du Soleil, Épaphus lui lança ce défi :

– Tu es bien fou de croire tout ce que te dit ta mère ! Si ton père est le Soleil, prouve-le donc !

Phaéton contint sa colère et alla rapporter à sa mère, Clymène, les injures d'Épaphus :

– Chère mère, si je suis bien le fils du dieu Soleil, donne-moi, je t'en supplie, la preuve de mon illustre naissance.

Clymène, émue par les prières de son fils, s'écria :

– Je te le jure, mon fils, oui c'est bien le dieu Soleil ton père ! Va l'interroger toi-même : sa demeure n'est pas très loin d'ici, à l'est.

Tout joyeux, Phaéton s'élance et fait route à travers l'Éthiopie puis l'Inde. Il arrive enfin au palais du dieu dont les hautes colonnes brillaient de l'éclat de l'or et du cuivre flamboyant. Il passe les portes en argent et s'arrête ébloui : tout y étincelait, rayonnait, flamboyait. Vêtu d'un manteau pourpre, le dieu Soleil était assis sur un trône étincelant incrusté d'émeraudes, au milieu de sa cour. Apercevant le jeune homme tout effrayé, il lui demanda :

1. **Éthiopie :** pays au sud de l'Égypte antique (voir carte p. 9).
2. **Soleil :** appelé Hélios en grec.

– Qu'es-tu venu chercher dans ce palais, Phaéton, mon fils bien-aimé ?

– Je suis venu pour savoir si vous êtes bien mon père, comme ma mère me l'a affirmé.

Mais, le jeune garçon, aveuglé, ne pouvait le regarder. Alors le Soleil enleva sa couronne de lumière et l'embrassa :

– Oui ! Tu es bien mon fils, ta mère t'a dit la vérité, et pour te le prouver, je t'accorderai ce que tu voudras. Je le jure par le Styx[3] !

Aussitôt, il s'écria :

– Je voudrais conduire ton char à travers la voûte céleste pour un jour, un seul jour, et voir ce que l'on ressent à diriger les chevaux aux pieds ailés et à donner la lumière au monde.

Le malheureux père comprit sa folie : comment avait-il pu prêter ce serment fatal ? Il tenta de dissuader le jeune homme :

– Mon cher petit, c'est la seule chose que je t'aurais refusé, mais je sais que je ne peux malheureusement plus le faire car j'ai juré par le Styx. Si au moins je pouvais te convaincre ! Tu n'as pas les forces nécessaires. Même Jupiter ne pourrait conduire le char de feu à ma place ! Tu sais, la route est escarpée et dangereuse : au départ, le matin, elle s'élève de la mer par une pente si raide que les chevaux ont peine à la gravir. Au plus haut du ciel, à l'heure de midi, moi-même je tremble d'épouvante

---

3. Styx : fleuve des Enfers. Il était impossible, même pour un dieu, de reprendre sa parole quand le serment avait été fait « sur le Styx », sous peine des pires châtiments.

lorsque je regarde vers le bas ; mais pire que tout le reste est la descente : elle est vertigineuse et Téthys[4], l'épouse de l'Océan, qui attend chaque soir ma venue, se demande comment je parviens à éviter la chute.

Et puis il y a les constellations, elles vont se dresser devant toi, telles des bêtes féroces : le Taureau menaçant, le Lion farouche, le Scorpion venimeux et le Crabe aux dangereuses pinces. Enfin mes chevaux qui crachent le feu par leurs naseaux sont fougueux et sauvages. Renonce à cette idée folle, je t'en supplie !

Rien n'y fit, Phaéton ne se laissa pas persuader.

Mais le temps pressait, déjà Aurore[5] avait ouvert ses portes roses. Les étoiles quittaient le ciel, et Lucifer, l'étoile du matin, pâlissait.

Alors le Soleil enduit le visage de son fils d'une lotion divine pour le protéger des flammes, et place sur sa tête la couronne de rayons. Le cœur léger, Phaéton saute sur le char entièrement fait d'or et de pierres précieuses, et fou de joie, il saisit les rênes que lui tend son père.

Cependant les quatre chevaux ailés, Flamme, Oriental, Fougueux et Rougeoyant, hennissent et piaffent d'impatience ; ils s'élancent en vomissant des flammes et leurs sabots fendent les nuages bas, amoncelés sur l'Océan. Le char bondit dans les airs, monte plus haut, toujours plus haut vers le ciel. Pendant quelques instants, Phaéton connaît un moment d'extase[6]. Mais les chevaux ont vite

4. Téthys : fille du Ciel et de la Terre ; épouse de son frère l'Océan.
5. Aurore : déesse chargée d'ouvrir les portes du ciel au char du Soleil.
6. Extase : état de joie extrême.

senti que le char est plus léger que d'habitude et qu'ils ne sont pas tenus d'une main ferme. Ce sont eux les maîtres ! Ils accélèrent le galop et bientôt le char, ballotté dans l'espace, s'écarte du chemin.

Phaéton commence à prendre peur. Quand il jette des regards sur la terre minuscule en bas, il pâlit soudain, ses genoux tremblent ; il se sent perdu dans le vaste ciel. Ah ! si seulement il n'était pas monté sur le char de son père ! Il ne connaît même pas le nom des chevaux ! Mille monstres effrayants se dressent sur son chemin. Et voici le Scorpion crachant un noir venin ! Quand le jeune homme aperçoit son dard menaçant, il lâche les rênes, paralysé par la crainte.

Alors les chevaux s'emballent et se ruent au hasard. Tantôt ils montent vers les étoiles à des hauteurs vertigineuses, tantôt ils tombent dans des précipices voisins de la terre.

Le char de feu embrase le monde. Les nuages s'évaporent, les flammes dévorent les feuillages des arbres et les moissons, la terre souffre ; tout brûle, villes et campagnes, sources et fleuves, même le volcan Etna[7] et le mont Olympe ! Ce fut alors, dit-on, que la Lybie[8], desséchée par cet embrasement, devint un aride désert.

Dans le ciel, la chaleur devient insupportable et Phaéton enveloppé d'une nuée ardente[9] ne voit plus rien et se laisse emporter, inconscient, par ses chevaux de feu.

---

7. Etna : volcan situé en Sicile (voir carte p. 9).
8. Lybie : pays d'Afrique du nord (voir carte p. 9).
9. Nuée ardente : nuage brûlant.

Pierre Paul Rubens (1577-1640), *La Chute de Phaéton*, 1605, huile sur toile, 98,4 x 131 cm, Washington, National Gallery of Art.

Partout le sol se fend ; la mer se resserre et les poissons pour survivre se réfugient dans les profondeurs sous-marines. Des peuples et des pays entiers sont changés par l'incendie en un monceau de cendres. Des montagnes, jusqu'alors enfouies sous la mer, surgissent et augmentent le nombre des îles Cyclades[10].

10. Cyclades : îles grecques de la mer Égée (voir carte p. 9).

Phaéton se maintient avec peine dans le char ; la fumée épaisse et brûlante l'étouffe ; aveuglé par les cendres qui volettent autour de son visage, il n'a plus qu'un désir, voir la fin de cette horreur.

La Terre nourricière, elle aussi, n'en peut supporter davantage, elle implore Jupiter de venir au secours de l'univers.

Alors Jupiter monte au plus haut du ciel, brandit sa foudre et la lance sur Phaéton. Le char se brise, les chevaux épouvantés s'enfuient. Jupiter arrête enfin l'incendie. Phaéton, la chevelure en flammes, roule à travers le ciel comme une comète.

À l'autre bout du monde, l'Éridan, le dieu-fleuve[11], le recueillit. Les nymphes des eaux baignèrent son pauvre corps fumant et l'ensevelirent. Elles gravèrent sur sa tombe :

Ici repose Phaéton qui conduisit le char du Soleil ;
Il échoua mais fut courageux.

Ses sœurs, les Héliades, filles elles aussi du Soleil, vinrent pleurer sur sa tombe ; Jupiter, ému, les métamorphosa en peupliers sur les berges de l'Éridan. Chacune de leurs larmes tombe dans l'eau et devient une goutte d'ambre[12].

Le malheureux père, quant à lui, en signe de deuil se voila le visage et, s'il faut en croire la légende, un jour entier se serait écoulé sans soleil.

Extraits des livres I et II.

---

11. Éridan : fleuve mystérieux qu'aucun mortel n'a jamais vu ; c'est sur ses rives, disait-on, qu'on récolte l'ambre.
12. Ambre : substance résineuse, de couleur jaune doré, dont on se sert pour faire des bijoux.

AI-JE BIEN LU ?

1 Qui sont les parents de Phaéton ?

2 **a.** Quelle faveur Phaéton demande-t-il à son père ?
b. Pourquoi ce dernier hésite-t-il à la lui accorder ?

3 Comment la course de Phaéton s'achève-t-elle ?

J'ANALYSE LE TEXTE

La rencontre entre Phaéton et son père

— L'arrivée au palais du Soleil

4 Décrivez le palais du Soleil (l. 16-22). De quels matériaux est-il fait ? Relevez le champ lexical de la lumière.

5 Quel vêtement et quel accessoire le Soleil porte-t-il ?

6 Par quels gestes le Soleil passe-t-il du rôle de dieu à celui de père (l. 28-30) ?

— Un serment imprudent

7 **a.** Quelle promesse le Soleil a-t-il faite à son fils ?
b. Pourquoi ne peut-il revenir sur sa promesse ?

8 Par quels arguments tente-t-il de dissuader son fils de ne pas conduire son char ? Y réussit-il ?

9 Quelle précaution prend-il avant de le laisser partir (l. 65-67) ?

La course de Phaéton

— L'attelage

10 **a.** Pourquoi le char du Soleil est-il appelé « char de feu » (l. 46) ?
b. Combien y a-t-il de chevaux ? Relevez l'adjectif et les verbes d'action qui montrent leur rapidité merveilleuse (l. 70-80).

QUESTIONS SUR LE TEXTE 3

c. À quel signe se rendent-ils compte que leur conducteur a changé ?

— Le parcours

11 **a.** Quelle partie du trajet se passe bien ?
b. À partir de quel moment Phaéton est-il effrayé ? Pourquoi ? Relevez les termes qui expriment sa peur (l. 81-89).
c. Pourquoi ensuite lâche-t-il les rênes (l. 87-89) ?
d. Que font alors les chevaux (l. 90-93) ?

La fin du parcours

....

— L'embrasement de l'univers

12 **a.** Pourquoi l'univers prend-il feu ?
b. Relevez le champ lexical du feu et de la chaleur (l. 94-112).
13 Montrez que l'incendie provoque une métamorphose de l'univers : quelles îles et quel désert sont nés d'une métamorphose ? De quelle façon ?

— La mort de Phaéton

14 Quelles souffrances Phaéton endure-t-il sur son char (l. 109-120) ?
15 **a.** Quelle décision Jupiter prend-il pour éviter le désastre ?
b. Qu'advient-il du char, des chevaux, de Phaéton ?
c. À quoi Phaéton est-il comparé (l. 119-120) ? Expliquez l'image cosmique.
16 Quelles divinités recueillent le corps du jeune homme et prennent en charge les funérailles ?
17 Qui sont les Héliades ? En quoi sont-elles métamorphosées ? Et que deviennent leurs larmes ?

Un mythe cosmique

18 Quelles informations ce texte donne-t-il sur la façon dont les Anciens se représentaient :

a. l'arrivée de l'Aurore ;

b. le parcours du Soleil dans le ciel ?

J'ÉTUDIE LA LANGUE

Vocabulaire : autour du mot « soleil »

19 **a.** À l'aide des lettres données, retrouvez les synonymes de *lever* et *coucher de soleil*.

– Le lever : l' au - e ; l' a u - - - e

– Le coucher : le c r - p - - - u - e

b. Complétez : le soleil se lève à l'est, c'est-à-dire à l'O - - ent et se couche à l'ouest, c'est-à-dire à l'O - - - - ent.

20 À quelle heure le soleil est-il au zénith ?

JE PARTICIPE À UN DÉBAT

21 « Il échoua mais fut courageux » (l. 126) : trouvez-vous que Phaéton a été courageux ou bien qu'il a commis une faute et l'a payé de sa vie ?

TEXTE 4 L'ENLÈVEMENT DE PROSERPINE

« En un instant il l'enlève sur son char. »

Proserpine (ou Perséphone en grec) est la fille de Cérès (ou Déméter), déesse des moissons, et de Jupiter. Elle fut enlevée par son oncle Pluton (Hadès).

Une éruption de l'Etna secouait l'île de la Sicile et fit sortir Pluton, le roi des Enfers, de sa ténébreuse demeure. Monté sur son char aux noirs chevaux, il parcourait l'île pour vérifier qu'aucune fissure ne laisserait passer la lumière du soleil jusqu'au royaume des morts. Rassuré, il errait çà et là quand Vénus, la déesse de l'Amour, l'aperçut du haut de l'Olympe. Elle embrassa son fils Cupidon et lui dit :

– Oh ! mon fils ! Regarde qui est sur ce char ! C'est Pluton, le seul dieu qui ne connaît pas l'amour ! Le monde souterrain est le seul à échapper à mon pouvoir, il n'y a aucune raison que cela dure ! Prends donc ton arc et lance tes flèches légères dans le cœur de ce dieu, je veux qu'il tombe amoureux de Proserpine, une jeune fille qui ne veut pas se marier, à l'exemple de Diane et de Minerve qui m'ont malheureusement échappé. Je te le dis, je veux, moi, que Pluton épouse Proserpine !

À ces mots, le petit Cupidon se hâte d'obéir à sa mère. Il choisit sa flèche la plus pointue et la plus rapide ; tendant son arc, il perce le cœur du roi des Enfers.

Non loin de là, dans une prairie fleurie, la jeune Proserpine, fille de Cérès, cueillait avec ses amies des violettes et des lis blancs ; elle en remplissait des corbeilles et les plis de sa robe.

Pluton la voit et il tombe immédiatement amoureux d'elle.

En un instant, il l'enlève sur son char. La jeune fille effrayée appelle sa mère avec des cris désespérés, laissant s'échapper les fleurs de sa tunique ; mais Pluton excite ses chevaux et emporte Proserpine dans les profondeurs de la terre.

Pendant ce temps, Cérès, inquiète de la disparition de sa fille chérie, la cherche en vain du matin au soir, et du soir au matin, par toute la terre et sur toutes les mers. Elle regagna enfin la Sicile où elle découvrit la ceinture de la jeune fille flottant sur les eaux d'une source : elle comprit qu'elle avait été enlevée.

Furieuse, la déesse des moissons maudit alors la terre entière : elle la privera de blé. Elle fait périr les laboureurs et leurs bœufs ; quant aux moissons, à peine levées, elles meurent brûlées par les feux du soleil, ou inondées par des torrents de pluie.

C'est alors qu'en passant près de Syracuse elle rencontre une nymphe des fontaines, Aréthuse, qui lui révèle le nom du ravisseur : Pluton, le dieu des Enfers, a fait de Proserpine son épouse et sa reine.

Le premier moment de stupeur passé, la douleur puis la colère envahirent son cœur de mère. Montant sur son char, elle gagna les hauteurs célestes ; et, le visage baigné de larmes, elle implora le roi des dieux :

– Ô Jupiter, je t'en supplie, prends pitié de notre fille.

Je l'ai enfin retrouvée ! Je suis même prête à pardonner à Pluton son ravisseur, pourvu qu'il me la rende.

Jupiter lui répondit :

– Ta fille est aussi la mienne, et nous veillons sur elle tous les deux. Mais cette aventure n'est pas un crime ; c'est de l'amour ; et si tu y consens, tout se terminera par un mariage. Cependant si ton cœur ne peut l'accepter, je peux faire que Proserpine revienne sur terre, mais à la seule condition qu'elle n'ait goûté à aucune nourriture des Enfers, car elle serait liée à jamais au royaume des morts.

Hélas ! Tout en se promenant dans les jardins du royaume souterrain, Proserpine avait cueilli une grenade et en avait mangé sept grains : Ascalaphus[1], qui fut témoin de la scène, la dénonça ; elle avait ainsi perdu tout espoir de retour.

Perséphone punit ce témoin indiscret : arrosant sa tête de l'eau du Phlégéton, un des fleuves des Enfers[2], elle le métamorphosa en oiseau sinistre. Sur sa tête, elle fait naître un bec, des plumes, et d'énormes yeux ; il s'enveloppe d'ailes jaunâtres, son corps n'est plus qu'une tête, ses ongles s'allongent et se recourbent, il peut à peine agiter les plumes nées sur ses bras engourdis. Il est devenu un oiseau de la nuit[3], un hibou apeuré, redoutable présage pour les mortels.

1. **Ascalaphus :** officier de Pluton, fils d'une nymphe des Enfers et du fleuve Achéron. Voir « Le saviez-vous ? » p. 46.
2. **Un des fleuves des Enfers :** voir « Le saviez-vous ? » p. 46.
3. **Un oiseau de la nuit :** le grand-duc ascalaphe est un rapace nocturne.

Cependant Jupiter, partagé entre son frère et sa sœur[4] en proie au désespoir, décida de diviser l'année en deux parts égales : désormais Proserpine passerait six mois avec sa mère sur terre, et six mois sous terre avec son époux. Pendant ces longs mois de séparation, Cérès porte le deuil de sa fille et la terre reste stérile[5] : c'est l'automne et l'hiver. Mais dès que Proserpine revient sur terre, le visage de Cérès s'illumine, la nature revit, c'est le printemps et l'été.

Extraits du livre V.

Sébastien Le Clerc dit le Vieux (1637-1714), *Proserpine métamorphose Ascalaphe en hibou* (1676), gravure sur cuivre, 7,1 x 8,6 cm, Montpellier, Médiathèque.

---

4. Sa sœur : Cérès est aussi la sœur de Jupiter. Voir « Le saviez-vous ? » p. 21.
5. Stérile : qui ne produit aucune culture.

QUESTIONS SUR LE TEXTE 4

AI-JE BIEN LU ?

1 Dans quelle région d'Italie l'action se déroule-t-elle ?
2 De qui Proserpine est-elle la fille ?
3 Quel dieu a enlevé Proserpine ? Sur quel royaume règne-t-il ?
4 **a.** Combien de mois Proserpine passe-t-elle sous terre ?
b. Que se passe-t-il dans la nature durant ces mois ?

J'ANALYSE LE TEXTE

L'enlèvement de Proserpine

— Le rôle de Vénus et Cupidon

5 Pourquoi Vénus a-t-elle choisi de former le couple Pluton-Proserpine ?

6 **a.** Qui est Cupidon ? Quel pouvoir a-t-il ? De quels objets se sert-il ?
b. Quel rôle joue-t-il dans l'enlèvement de Proserpine ?
c. Relevez une phrase qui montre que les résultats de son action sont immédiats.

— Le dieu Pluton

7 **a.** Qu'est venu faire Pluton sur terre ?
b. Comment se déplace-t-il ? Citez le texte.
c. À quelle couleur est-il associé ? Relevez deux termes précis (l. 1-5).
d. Quel élément lui est insupportable ?

— L'enlèvement et la réaction de Cérès

8 **a.** À quelle activité Proserpine se livrait-elle lorsqu'elle a été enlevée ? Qui appelle-t-elle ?
b. Dans quel lieu Pluton l'a-t-il conduite ?

9 **a.** Quelle est la première réaction de Cérès lorsqu'elle apprend la disparition de sa fille ?
b. De quelle façon punit-elle la terre ?
10 Montrez en citant au moins deux expressions du texte que Cérès est très attachée à sa fille.

Le rôle de Jupiter

11 **a.** Pourquoi Cérès va-t-elle voir Jupiter ?
b. Quelle condition le dieu impose-t-il au retour de Proserpine ? Proserpine l'a-t-elle respectée ?
c. Quelle décision Jupiter prend-il finalement ?
12 Quelle image le poète donne-t-il de Jupiter ?

Un mythe explicatif

> Les récits des *Métamorphoses* peuvent **expliquer des phénomènes naturels**.

13 **a.** Quelle métamorphose la nature subit-elle de mars à août et de septembre à février ?
b. À quelles saisons ces mois correspondent-ils ?
c. Comment le récit d'Ovide explique-t-il le changement de saisons ?

La métamorphose d'Ascalaphus

14 **a.** Qui est Ascalaphus ?
b. En quoi est-il métamorphosé ? Par qui ? Pour quelle raison ?
c. Relevez les verbes qui expriment la métamorphose (l. 66-74).
15 Quelles caractéristiques du hibou cette métamorphose explique-t-elle ?

QUESTIONS SUR LE TEXTE 4

J'ÉTUDIE LA LANGUE

Vocabulaire : autour du mot « céréale »

16 **a.** D'où vient le mot « céréale » ?
b. En quoi consiste le métier de céréalier ou de céréalière ?
c. Dans le domaine maritime, qu'est-ce qu'un céréalier ?
d. Qu'est-ce que la céréaliculture ?

LE SAVIEZ-VOUS ?

Pluton et le monde infernal

Le dieu Pluton (Hadès), frère de Zeus (voir « Le saviez-vous ? » p. 21), vit dans son palais en argent au plus profond de la Terre ou Enfers. Il en est sorti une fois seulement pour enlever Perséphone.

De nombreux fleuves séparaient le royaume des morts de la surface de la terre : l'**Achéron**, dont les eaux boueuses et glaciales se mêlent à celles du **Cocyte**, le **Styx**, à l'odeur nauséabonde, le **Phlégéton**, véritable torrent de feu, le **Léthé**, fleuve de l'oubli, qui procurait aux âmes l'oubli de leur vie passée.

Dans sa barque sombre, **Charon** faisait franchir le Styx et l'Achéron aux ombres errantes des morts à condition qu'ils aient reçu une sépulture et payé le prix du passage, une obole. C'est pour cette raison que les proches devaient mettre cette pièce de monnaie dans la bouche du disparu avant les funérailles.

Les Enfers étaient gardés par Cerbère, un chien monstrueux à trois têtes. On distingue **le Tartare**, lieu des supplice pour les criminels ; **les Champs Élysées**, où les âmes des justes vivent dans un bonheur éternel ; **la plaine des Asphodèles**, réservée aux humains ayant mené une vie terne ; ils y ont une existence éternelle sans intérêt.

« Les voilà tous devenus des dauphins qui bondissent. »

Bacchus (Dionysos en grec), fils de Jupiter et de Sémélé, la fille d'un roi de Thèbes (voir carte p. 9), est le dieu de la vigne et des vendanges ; il est aussi honoré comme dieu du théâtre. Exilé dès sa naissance en Orient par Jupiter, qui craignait la jalousie de Junon, il était considéré comme un dieu étranger ayant introduit en Grèce un culte nouveau : il était accompagné d'un cortège bruyant et joyeux où figuraient des Satyres aux pieds de chèvres et des nymphes en délire, appelées les Bacchantes, qui dansaient en poussant des hurlements, au son des cymbales et des tambourins.

Après de nombreuses errances, il revint en Grèce. Quand il arriva à Thèbes, le roi Penthée, qui refusait de voir en lui un dieu, interdit à son peuple de se mêler à son cortège.

Penthée s'adressa à ses soldats :

– Allez tout de suite me chercher ce Bacchus, le chef de cette troupe d'excités ! Et ramenez-le moi ici chargé de chaînes.

Les soldats reviennent avec un homme dont les mains étaient attachées derrière le dos.

– Nous n'avons pas trouvé Bacchus ; mais voici, disent-ils, un de ses compagnons, qui célèbre son culte.

Penthée lui lance un regard terrible :

– Tu vas mourir, dit-il, et ta mort servira d'exemple aux autres. Mais d'abord, dis-moi d'où tu viens et pourquoi tu célèbres ce culte nouveau.

L'étranger fit alors ce récit.

– Mon nom est Acétès. Je viens de Lydie, en Asie. Mon père était un pauvre pêcheur qui m'a enseigné son métier. Par la suite j'ai appris à naviguer en suivant les étoiles et en étudiant la direction des vents et la position des ports.

Un jour que je me rendais à Délos, j'aborde au soir dans l'île de Chios[1]. Dès que l'aurore teinte le ciel de rose, j'envoie mes compagnons chercher de l'eau douce, pendant que j'observe, du haut d'une colline, l'état de la mer et du vent. Puis je retourne au bateau et rappelle mes compagnons.

– Nous voici ! s'écrie l'un d'eux, Opheltès, en s'avançant le premier.

Je le vois marcher fièrement le long de la plage : il amène avec lui un enfant, qu'il conduit comme un prisonnier de guerre. Cet enfant, d'une grande beauté, peine à le suivre ; il titube sous l'effet du sommeil ou du vin.

J'examine ses vêtements, son visage et son allure : il ne ressemble en rien à un mortel. Je comprends qu'il s'agit d'un dieu, et l'annonce à mes camarades :

– Un dieu habite ce corps ; j'ignore lequel. Mais prions ! Qui que tu sois, ô dieu, viens-nous en aide et protège-nous ; pardonne à ceux qui t'ont capturé !

– Mêle-toi de tes affaires et ne prie pas pour nous ! réplique Dictys, le plus agile de tous pour grimper dans les cordages. Nous n'avons pas à demander pardon à un enfant !

---

1. **Délos et Chios :** îles grecques de la mer Égée.

Et bientôt, tous lui donnent raison : c'est l'amour de l'argent qui les guide, car ils espèrent le vendre comme esclave à un bon prix.

Moi, scandalisé, je m'oppose à leur projet et leur barre l'entrée du navire. Alors, Lycabas devient furieux ; il est le plus féroce de l'équipage et a été exilé de sa ville natale pour meurtre. D'un coup de poing, il me coupe la respiration et manque de peu de me jeter à l'eau. Et tous applaudissent bruyamment, réveillant Bacchus – car c'était bien le dieu Bacchus – qui leur demande :

– Que faites-vous ? Pourquoi ces cris ? Comment suis-je venu ici? Où m'emmenez-vous ?

– N'aie pas peur, dit un marin. Indique-nous un port où tu veux débarquer et nous t'y conduirons.

– À Naxos[2], lui répond Bacchus, dirigez-vous vers cette île : c'est là qu'est ma maison ; et je vous y donnerai l'hospitalité.

Les menteurs ! Ils jurent par la mer et par toutes les divinités qu'ils le feront. Et ils m'ordonnent de lever les voiles. Mais comme je dirige le navire vers Naxos, ils m'insultent et me chassent du gouvernail. L'un d'eux prend ma place et met le cap sur la direction opposée.

Alors, le dieu, jouant la comédie, fait semblant de pleurer.

– Mais où allons-nous, matelots ? Vous aviez promis de m'emmener à Naxos ! Ce n'est pas bien de tromper un enfant !

---

2. Naxos : île grecque des Cyclades (voir carte p. 9).

Moi aussi je laisse couler mes larmes, pendant que l'équipage se moque de moi et pousse sur les rames.

Mais soudain, je vous jure que c'est vrai, le bateau s'immobilise, les matelots, surpris, continuent de battre la mer avec leurs rames et déploient les voiles. Peine perdue ! Des tiges de lierre[3] se mettent à pousser autour des rames et grimpent jusqu'aux voiles qu'elles entortillent.. Bacchus, la tête couronnée de feuilles et de grappes, brandit un bâton où s'enroule la vigne. À ses pieds sont couchés des tigres, des lynx et de féroces panthères à la robe tachetée[4], mais ce ne sont que des illusions[5].

Fous de terreur, les matelots se sont jetés à la mer. Le premier, Médon, est devenu tout noir, et son dos s'est plié en forme d'arc. Lycabas essaie de parler, mais sa bouche s'élargit, son nez se courbe et sa peau se durcit. Un autre voit ses mains se changer en nageoires. Son camarade n'a plus de bras, d'un bond il saute à l'eau, agitant sa queue en forme de faucille.

Les voilà tous devenus des dauphins qui bondissent, jouent et plongent dans les vagues. Ils soufflent par leurs larges narines l'eau de mer qu'ils ont aspirée.

Je reste seul, tremblant et glacé. Mais le dieu me réconforte et me demande de faire voile vers Naxos. Débarqué là, je suis devenu un adepte[6] du culte de Bacchus.

---

3. Lierre : le lierre, de même que les rameaux de vigne et les raisins, sont les attributs de Bacchus.

4. Des tigres, des lynx et de féroces panthères : Bacchus, dans ses cortèges, apparaît entouré de ces animaux.

5. Ce ne sont que des illusions : les marins croient en effet voir tout cela dans la réalité.

6. Adepte : partisan convaincu.

Penthée ne croit pas Acétès ; il demande à ses hommes de l'enfermer, de l'enchaîner et de le torturer à mort. Mais tandis qu'on préparait les instruments de son supplice, les chaînes tombèrent miraculeusement, les portes du cachot s'ouvrirent[7]. Penthée, de plus en plus furieux, se rendit dans la montagne, où étaient célébrées les fêtes qu'il avait interdites : il voulait les voir de ses propres yeux !

Mais Bacchus s'est vengé ; les Bacchantes, en proie à une sorte de délire, le prennent pour un sanglier. Malgré ses supplications elles le poursuivent et le mettent à mort.

Ainsi fut instauré le culte de Bacchus dans la région de Thèbes.

Extraits du livre III.

7. Les portes du cachot s'ouvrirent : on peut se demander si Acétès n'est pas le dieu Bacchus lui-même.

QUESTIONS SUR LE TEXTE 5

AI-JE BIEN LU ?

1 Qui est Bacchus ?

2 **a.** Qui est Penthée ?

b. Pourquoi demande-t-il à ses soldats de capturer Bacchus ?

3 **a.** Quel personnage lui ramène-t-on à la place ?

b. Quel est le métier de ce personnage ?

4 En quoi ses compagnons ont-ils été métamorphosés ? Par qui ?

5 Qu'advient-il à Penthée à la fin du récit ?

J'ANALYSE LE TEXTE

Le récit dans le récit

> Dans un récit mené à la 3e personne, il arrive qu'un personnage prenne longuement la parole et raconte une histoire dont il est lui-même le narrateur. On dit qu'il y a **récit dans le récit**.

6 **a.** Délimitez le récit dans le récit. Qui en est le narrateur ?

b. À quelle personne ce narrateur mène-t-il le récit ? Est-il un personnage de l'histoire qu'il raconte ?

c. Dans quelles circonstances fait-il le récit de cette histoire, et à qui ?

7 À quelle personne le reste du récit est-il mené ? En connaît-on le narrateur ?

L'aventure sur mer

— Une capture

8 Sur quelle mer les marins voguent-ils ? Dans quelle île se sont-ils arrêtés ?

9 **a.** Quelle capture les marins ont-ils faite ? Dans quel but ?
b. Quel personnage comprend de qui il s'agit en réalité ?

— La révolte de l'équipage

10 Pourquoi l'équipage se révolte-t-il contre Acétès (l. 31-39) ?
11 **a.** Quels indices montrent que les compagnons d'Acétès sont des pirates ? Citez le texte (l. 40-42).
b. Respectent-ils les lois et les dieux ?
12 Montrez que l'équipage s'empare du bateau par la violence (l. 44-47) et le mensonge (l. 52-61).

— Le dieu Bacchus

13 **a.** Sous quelle apparence Bacchus se présente-t-il au début du récit ?
b. Quels indices révèlent qu'il est un dieu (l. 24-35) ?
14 **a.** Quel comportement et quels attributs sont en rapport avec sa fonction de dieu du vin et de la vigne ?
b. Quels animaux l'accompagnent ?

La métamorphose

> La **métamorphose** est souvent une punition infligée par les dieux aux hommes qui ont commis une faute : la **forme nouvelle** tient compte de la nature de la faute.

15 **a.** Relevez les éléments du corps des marins qui sont transformés (l. 78-84).
b. Relevez les verbes et expressions qui expriment la métamorphose. Montrez en citant le texte qu'ils changent de forme, de consistance, de couleur.
16 **a.** Comment les hommes se comportent-ils après la métamorphose ?
b. Quel rapport voyez-vous entre leur métier et leur nouvel état ?
17 **a.** De quoi les marins sont-ils punis par cette métamorphose ?
b. Pourquoi Acétès est-il récompensé ? Comment ?

QUESTIONS SUR LE TEXTE 5

J'ÉTUDIE LA LANGUE

Grammaire : identifier les verbes pronominaux

Un **verbe pronominal** se conjugue avec deux pronoms de la même personne, et avec l'auxiliaire être. Ex : *son dos s'est plié*.

18 Dans l'extrait suivant, relevez les verbes pronominaux. Identifiez leur temps et leur mode.

« Fous de terreur, les matelots se sont jetés à la mer. Le premier, Médon, est devenu tout noir, et son dos s'est plié en forme d'arc. Lycabas essaie de parler, mais sa bouche s'élargit, son nez se courbe et sa peau se durcit. Un autre voit ses mains se changer en nageoires. »

J'ÉCRIS

Décrire une métamorphose en oiseau

19 Le dieu Bacchus métamorphose Acétès en mouette pour lui permettre d'échapper à la méchanceté de ses compagnons. Acétès décrit sa métamorphose au fur et à mesure où elle se produit.

CONSIGNES D'ÉCRITURE
- Rédigez au présent et à la 1re personne.
- Utilisez les verbes de la métamorphose, y compris les verbes pronominaux.

J'ENQUÊTE

La naissance de Bacchus

20 Faites une recherche sur la naissance de Bacchus.

21 Expliquez à partir de cette légende l'expression « sortir / se croire sorti de la cuisse de Jupiter ».

TEXTE 6 L'ENFANT CHANGÉ EN LÉZARD

« L'animal étrange se sauva. »

Proserpine a été enlevée par le dieu des Enfers, Pluton (voir texte 4 p. 40). Sa mère, Cérès, déesse des moissons, parcourt le monde à sa recherche.

Cérès, inquiète de la disparition de sa fille chérie, la cherchait en vain du matin au soir, et du soir au matin, par toute la terre et sur toutes les mers.

Épuisée de fatigue, la déesse avait soif : elle n'avait trouvé aucune source pour s'y désaltérer[1], quand elle aperçut par hasard le toit de chaume[2] d'une maison. Elle frappa à la petite porte : une vieille en sortit. Comme la déesse lui demandait de l'eau, elle lui offrit une boisson douce qu'elle avait saupoudrée de farine d'orge[3] grillée.

Tandis que la déesse buvait avec avidité[4], un enfant à l'air méchant et insolent s'arrêta devant elle et se moqua en la traitant de goinfre. Offensée, elle l'aspergea avec ce qui lui restait de breuvage, alors qu'il parlait encore.

Aussitôt, le visage de l'enfant s'imprègne de taches et ses bras se transforment en pattes. Une queue s'ajoute à son corps métamorphosé et, afin qu'il soit inoffensif[5], sa taille rétrécit pour devenir plus courte que celle d'un petit lézard.

1. Se désaltérer : boire et apaiser sa soif.
2. Chaume : paille.
3. Orge : céréale.
4. Avec avidité : très vivement.
5. Afin qu'il soit inoffensif : afin qu'il ne soit pas dangereux.

La vieille, étonnée de ce prodige et en pleurs, essaya de le toucher ; mais l'animal étrange se sauva et chercha une cachette. Son nom, le lézard stellion[6], rappelle sa couleur constellée[7] de gouttes parsemées ici et là.

Extraits du livre V.

La métamorphose de l'enfant insolent. Gravure du XVIIe siècle.

6. Lézard stellion : petit lézard dont le nom est dérivé du mot latin stella, « étoile ».
7. Constellée : couverte de mille taches semblables à des étoiles.

AI-JE BIEN LU ?

1. Dans quel état physique et moral la déesse Cérès se trouve-t-elle ? Pourquoi ?
2. Dans quel lieu s'arrête-t-elle ?
3. Qui lui offre à boire ? Qui la maltraite ?
4. Qui est métamorphosé ? En quoi ?

J'ANALYSE LE TEXTE

La métamorphose

5. **a.** Quel personnage est l'auteur de la métamorphose ?
b. Par quel moyen la provoque-t-il ?
6. Relevez les verbes qui expriment la métamorphose. Quels changements se produisent (forme, taille, couleur) ?
7. Quelle est la réaction de la vieille femme face à cette métamorphose. Quelle est celle de l'animal ?

Un mythe explicatif à portée morale

8. Comment la couleur et le nom du lézard stellion s'expliquent-ils ?
9. De quoi l'enfant est-il puni ? Quelle loi n'a-t-il pas respectée ? Quelle morale tirer de ce récit ?

J'ÉTUDIE LA LANGUE

Vocabulaire : autour du mot « métamorphose »

> « Son corps métamorphosé » (l. 16) : le préfixe grec *méta-* indique un changement ; le nom *morphê* signifie « forme ». La métamorphose est le passage d'une forme à une autre.

QUESTIONS SUR LE TEXTE 6

10 Complétez les phrases avec les mots suivants : amorphe, morphologie, anthropomorphisme, polymorphe.

a. Il faut s'habiller selon sa ....

b. La pâte à modeler peut prendre plusieurs formes, elle est ....

c. Aujourd'hui je suis sans énergie, je me sens ....

d. Attribuer à des divinités des caractéristiques propres à l'homme, c'est faire de l'.................. .

Grammaire : le présent de narration

> Dans un récit au passé, on peut utiliser le présent pour exprimer un moment fort de l'action et la rendre plus « présente » aux yeux du lecteur. C'est le **présent de narration**.

11 **a.** Relevez dans le texte les quatre verbes au présent de l'indicatif. Qu'expriment-ils ?

b. À quel temps sont-ils par rapport au reste du récit ? Quel est l'effet produit ?

J'ÉCRIS

Imaginer une autre métamorphose

12 Imaginez que Cérès métamorphose l'enfant en rat.

> CONSIGNES D'ÉCRITURE
> - Notez les parties du corps transformées et le résultat de la transformation.
> - Utilisez des verbes de transformation.

TEXTE 7 ARACHNÉ

« Vis, mais toujours suspendue ! »

Arachné était une jeune Lydienne[1] célèbre pour ses talents de tisseuse ; elle était experte dans l'art de filer la laine. Il fallait la voir rouler en pelotes la laine brute, assouplir les flocons laineux avec les doigts pour les étirer en longs brins, ou encore broder à l'aiguille. Tous pensaient qu'elle était la digne élève de Minerve[2], la fille de Jupiter.

Mais l'orgueilleuse Arachné est vexée que l'on puisse lui attribuer un maître, même divin. Elle s'écrie :

– Que la déesse vienne donc se mesurer à moi ! On verra bien si je suis son élève !

Irritée, la déesse ne tarde pas à réagir : elle recouvre sa chevelure blonde de cheveux blancs et prend l'apparence d'une vieille femme, courbée sur un bâton. Elle se présente ainsi devant la jeune fille :

– Arachné, oui, tu es la plus habile des mortelles à façonner la laine ; mais tu ne peux égaler une déesse ; demande-lui pardon pour tes paroles imprudentes. Il est encore temps !

La jeune fille, qui n'a pas reconnu Minerve, s'énerve et lâche le fil qu'elle a dans la main :

– Vieille folle, ça ne te réussit pas de vivre si longtemps ! Je n'ai que faire de tes leçons. Et d'ailleurs, pourquoi

---

1. Lydienne : habitante de Lydie, région d'Asie (voir carte p. 9).
2. Minerve (ou Pallas-Athéna) : déesse de la guerre et de l'intelligence, elle était aussi protectrice des arts de la filature et du tissage.

Minerve ne vient-elle pas elle-même ? Pourquoi évite-t-elle le concours que je lui propose ?

– Elle est venue, dit alors la déesse.

À ce moment, la vieille femme disparaît et Minerve reprend son apparence divine.

Mais la jeune fille n'a pas peur et persiste dans sa sotte ambition sans savoir qu'elle court à sa perte. Car la fille de Jupiter ne recule pas et accepte la compétition sans plus tarder.

Aussitôt chacune s'installe devant son métier à tisser. Chacune a retroussé les manches de sa robe, et se concentre sur son travail jusqu'à en oublier la fatigue. Sans répit, elles entrecroisent des fils de soie de toutes les couleurs de l'arc-en-ciel en y mêlant des fils d'or et d'argent.

Sur sa tapisserie, Minerve représente les dieux de l'Olympe dans leur majesté ; elle représente aussi les humains qui ont défié les dieux et ont été punis par des métamorphoses : elle lance ainsi un ultime avertissement à Arachné.

La jeune fille, elle, brode les amours coupables des dieux : on y voit par exemple Jupiter séduire mortelles ou déesses sous forme de taureau, de cygne, de pluie d'or, de vent...

L'ouvrage est vraiment magnifique : la déesse à la chevelure d'or ne peut rien trouver à reprendre. Folle de rage et de jalousie, elle se précipite sur la toile et la déchire en mille morceaux. Elle tient encore à la main sa navette[3] : trois et quatre fois elle en frappe la tête d'Arachné.

---

3. Navette : instrument pointu nécessaire au tissage.

Arachné métamorphosée en araignée par la déesse Pallas-Athéna. Dessin de Eisen, gravé par Le Veau, illustration pour les *Métamorphoses*, XVIIIe siècle.

La malheureuse jeune fille désespérée saisit un lacet, le noue autour de sa gorge et se pend.

Alors Minerve prise de pitié s'écrie :

– Vis donc, misérable ! Vis, mais toujours suspendue ! Et que tous tes descendants subissent le même châtiment !

Puis elle l'asperge du suc[4] d'une herbe magique. Aussitôt, touchés par ce poison funeste[5], les cheveux d'Arachné tombent, son nez et ses oreilles disparaissent ; sa tête rapetisse ; tout son corps fond ; des doigts longs et maigres s'attachent à ses flancs et lui servent de jambes ; le reste du corps n'est plus qu'un ventre ; elle en tire du fil : c'est ainsi que, devenue araignée, elle continue à tisser sa toile.

Extraits du livre VI.

4. Suc : liquide contenu dans un végétal.
5. Funeste : qui apporte la mort.

AI-JE BIEN LU ?

1 **a.** Qui est Arachné ?
b. Quel talent possède-t-elle ?
c. Quelle est la cause du conflit qui l'oppose à Athéna ?
2 **a.** Par quelle épreuve Arachné et la déesse vont-elles se mesurer ?
b. Qui l'emporte ?
3 En quoi Arachné est-elle transformée ?

J'ANALYSE LE TEXTE

Le conflit

— L'origine du conflit

4 **a.** Quel est le défaut d'Arachné ? Appuyez-vous sur l'adjectif qui caractérise la jeune fille (l. 8-9).
b. Pourquoi est-elle vexée ?
5 **a.** En quoi Minerve se déguise-t-elle ? Ce déguisement est-il une forme de métamorphose ?
b. Comment Arachné se comporte-t-elle avec elle ? Citez une parole insultante (l. 22-25).

— L'épreuve

6 Quelles scènes Minerve et Arachné ont-elles chacune brodées ?
7 **a.** Quel avertissement la déesse transmet-elle à Arachné à travers sa tapisserie ?
b. Arachné en tient-elle compte ?
8 **a.** Quelles sont les réactions de la déesse devant la tapisserie de sa rivale ?
b. Quelle est ensuite celle d'Arachné ?

QUESTIONS SUR LE TEXTE 7

La métamorphose

9 **a.** Par quel moyen magique Minerve métamorphose-t-elle Arachné ?
b. Décrivez les étapes de la transformation (l. 56-62). Relevez les verbes utilisés.
c. Quel point commun existe-t-il entre la jeune fille et l'animal ?

Le sens du mythe

— La portée morale

10 **a.** Quelle est la faute d'Arachné ? Et sa punition ?
b. Quelle leçon cette métamorphose donne-t-elle aux humains ?

— Un mythe explicatif

11 Quelle malédiction Minerve lance-t-elle à Arachné (l. 54-55) ?
12 Quelle explication ce récit fournit-il sur l'aspect physique de l'araignée, sur sa position et sur l'origine de la toile qu'elle tisse ? Relevez l'expression qui introduit une explication (l. 60-62).

J'ÉTUDIE LA LANGUE

Vocabulaire : autour du nom Arachné

13 **a.** À quelle classe d'animaux l'araignée appartient-elle ?
b. Qu'est-ce qu'un tissu « arachnéen » ?

J'ÉCRIS

Exprimer une opinion

14 Avez-vous peur des araignées ? Cette légende change-t-elle votre regard sur cet animal ?

CONSIGNES D'ÉCRITURE
- Dites comment vous réagissez lorsque vous voyez une araignée. Donnez un exemple (dans quel lieu ?...).
- Dites comment vous réagirez dorénavant.

LE SAVIEZ-VOUS ?

Lire des récits du XXᵉ siècle

Texte 1

Un matin, au sortir d'un rêve agité, Grégoire Samsa s'éveilla transformé dans son lit en une véritable vermine[1]. Il était couché sur le dos, un dos dur comme une cuirasse, et, en levant un peu la tête, il s'aperçut qu'il avait un ventre brun en forme de voûte divisé par des nervures arquées. La couverture, à peine retenue par le sommet de cet édifice, était près de tomber complètement, et les pattes de Grégoire, pitoyablement minces pour son gros corps, papillotaient devant ses yeux.

– Que m'est-il arrivé ? pensa-t-il.

Ce n'était pourtant pas un rêve : sa chambre, une vraie chambre d'homme, quoique un peu petite à vrai dire, se tenait bien sage entre ses quatre murs habituels. Grégoire regarda par la fenêtre ; on entendait des gouttes de pluie sur le zinc ; ce temps brouillé le rendit mélancolique :

– Si je me rendormais un peu pour oublier toutes ces bêtises, pensa-t-il. Mais c'était absolument impossible.

Franz Kafka, *La Métamorphose* (1945), traduit de l'allemand par Alexandre Vialatte, © Gallimard, 1955.

15 Quel personnage a été transformé ? En quel animal ? À quel moment ?

16 Relevez les termes qui caractérisent ou désignent l'animal.

---

1. **Vermine :** sorte de cafard.

17 Quels sont les éléments du décor qui montrent que l'on est dans le monde de la réalité et non du conte merveilleux ?

— Texte 2

La romancière Colette raconte comment une araignée venait tous les soirs dans la chambre de sa mère.

Une belle araignée des jardins, ma foi, le ventre en gousse d'ail [...]. Elle dormait ou chassait, le jour, sur sa toile tendue au plafond de la chambre à coucher. La nuit, vers trois heures, au moment où l'insomnie quotidienne rallumait la lampe, rouvrait le livre de chevet de ma mère[1], la grosse araignée s'éveillait aussi, prenait ses mesures d'arpenteur[2] et quittait le plafond au bout d'un fil, droit au-dessus de la veilleuse à huile où tiédissait, toute la nuit, un bol de chocolat. Elle descendait, lente, balancée mollement comme une grosse perle, empoignait de ses huit pattes le bord de la tasse, se penchait tête première, et buvait jusqu'à satiété[3]. Puis, elle remontait, lourde de chocolat crémeux, avec les haltes, les méditations qu'impose un ventre trop chargé, et reprenait sa place au centre de son gréement[4] de soie.

Sidonie-Gabrielle Colette, *La Maison de Claudine* (1922),

18 **a.** Où l'araignée a-t-elle tendu sa toile ?
b. À quelle activité se livre-t-elle le jour puis la nuit ? Comment se déplace-t-elle ?
c. La mère de Colette en a-t-elle peur ?

19 Quelle image Colette donne-t-elle de l'araignée dans ce texte ? Justifiez votre réponse.

20 Relisez les lignes 54 à 62 p. 62 : quels sont les traits communs entre Arachné et l'araignée des jardins ?

---

1. Au moment... ma mère : la mère de Colette a des insomnies, elle allume la lampe et se met à lire.
2. Arpenteur : professionnel chargé de mesurer les terrains et les surfaces.
3. Jusqu'à satiété : jusqu'à ce qu'elle soit rassasiée.
4. Gréement : matériel servant à la manœuvre des voiles (câbles, cordages...).

« L'enfant et le cerf étaient devenus inséparables. »

Cyparissus était autrefois un jeune protégé d'Apollon, le dieu à la lyre[1]. Il avait le cœur sensible et passait pour le plus bel enfant de l'île de Cos[2].

Or non loin de la ville, vivait un grand cerf consacré aux nymphes : de hautes cornes dorées s'élevaient au-dessus de sa tête ; à son cou étaient suspendus des colliers de pierres précieuses ; sur son front s'agitait une petite bulle d'argent retenue par des liens de cuir ; et des perles pendaient à ses deux oreilles.

Complètement apprivoisé, il n'avait nulle crainte des hommes : il avait l'habitude de pénétrer dans les maisons et se laissait caresser. Mais personne ne l'aimait autant que le jeune Cyparissus qui le menait paître l'herbe nouvelle ou boire l'eau claire des sources. Tantôt il entourait de fleurs ses cornes, tantôt il montait sur son dos et se promenait tout joyeux dans les bois et les prés : l'enfant et le cerf étaient devenus inséparables.

Un jour, aux environs de midi, tandis que la chaleur était accablante, le cerf s'allongea pour se reposer sur le gazon fleuri, à la fraîcheur d'un sous-bois.

Et ce fut le drame ! Non loin de là Cyparissus, qui jouait à faire voler son javelot vers des cibles imaginaires, le lança

1. **Lyre :** instrument de musique à cordes.
2. **Cos :** île grecque proche des côtes turques.

sur un taillis derrière lequel était couché le malheureux animal. Il entend un long brame[3] douloureux, s'approche et comprend qu'il vient de blesser son grand cerf à mort. Désespéré, il veut mourir lui aussi...

Apollon eut beau lui dire de douces paroles de consolation et lui conseiller de calmer sa douleur : ce n'était qu'un animal ! et il ne l'avait pas fait exprès ! Rien n'y fit : l'enfant était inconsolable.

Dans son chagrin, il demande aux dieux, comme une faveur, de pleurer éternellement. Bientôt, ses larmes intarissables deviennent des larmes de sang, ses membres commencent à prendre une couleur verte ; ses cheveux qui ornaient tout à l'heure son front de neige, se hérissent, se raidissent, et forment une pointe qui se dresse dans le ciel étoilé : le jeune garçon est devenu un cyprès[4].

Apollon gémit et dit avec tristesse :

– Je te pleurerai toujours, et toi tu seras pour toujours le compagnon de ceux qui pleurent[5].

Extraits du livre X.

3. Brame : cri du cerf.
4. Cyprès : conifère des régions méditerranéennes. Son nom savant est cupressus, du latin cyparissus (prénom de l'enfant dans cette légende).
5. Le compagnon de ceux qui pleurent : dans les pays méditerranéens, les cyprès sont souvent plantés dans les cimetières.

AI-JE BIEN LU ?

1 Qui est Cyparissus ? Où vit-il ?

2 **a.** De quel animal Cyparissus est-il l'ami ?

b. Quel malheur cause-t-il ?

3 En quoi Cyparissus est-il métamorphosé ?

J'ANALYSE LE TEXTE

Une belle amitié

4 Quelles sont les qualités de Cyparissus ? De quel dieu est-il le protégé ?

5 Relevez les termes qui font du cerf un animal exceptionnel. À quelles divinités est-il consacré (l. 4-12) ?

6 **a.** Quelles sont les relations du cerf avec les hommes ?

b. Quels liens unissent l'enfant et l'animal ? Citez le texte (l. 12-17).

Un accident dramatique

7 **a.** Quelle expression annonce l'accident ?

b. Où le cerf se trouvait-il alors ? À quelle occupation l'enfant se consacrait-il ?

8 **a.** L'enfant a-t-il causé volontairement la mort de son ami ? Citez le texte.

b. Quel moment jugez-vous particulièrement dramatique ? Citez le texte.

9 Comment Cyparissus réagit-il à cette mort ? Relevez le vocabulaire de la souffrance (l. 26-33).

10 Quelles paroles Apollon lui dit-il pour le consoler ?

QUESTIONS SUR LE TEXTE 8

La métamorphose

> La **métamorphose** peut aussi récompenser ou consoler un mortel qui le mérite par ses qualités.

11 **a.** Quelle faveur Cyparissus demande-t-il aux dieux ? Quel sentiment éprouve-t-il ?
b. Relevez les verbes qui expriment la métamorphose (l. 32-37).

12 Apollon reste-t-il insensible à la transformation de Cyparissus ? Citez le texte (l. 38-40).

13 **a.** Dans quels lieux le cyprès est-il habituellement planté (voir note 4 p. 68) ?
b. Quel rapport voyez-vous entre l'arbre et le chagrin de Cyparissus ? Vous expliquerez la dernière phrase.

J'ÉTUDIE LA LANGUE

Grammaire : les verbes attributifs

> Les **verbes attributifs** sont les verbes qui relient l'attribut au sujet. La plupart sont des verbes d'état : *être, paraître sembler, devenir, demeurer, rester, passer pour, avoir l'air.*

14 **a.** Relevez deux verbes d'état dans les deux premières phrases du texte.
b. Quels groupes nominaux sont leurs attributs ?

Vocabulaire : autour du mot « larmes »

15 Cherchez le sens des expressions suivantes contenant le mot « larmes ».
a. être au bord des larmes. **b.** contenir ses larmes. **c.** verser des larmes de crocodile. **d.** fondre en larmes. **e.** rire aux larmes. **f.** parler avec des larmes dans la voix. **g.** avoir la larme à l'œil.

J'ÉCRIS

Exprimer le remords

16 Imaginez les paroles prononcées par Cyparissus agenouillé auprès du grand cerf blessé : il a pitié de l'animal et regrette son geste malheureux.

CONSIGNES D'ÉCRITURE
- Utilisez le vocabulaire de la souffrance et du remords.
- Utilisez les pronoms de la 1re et de la 2e personne (*je, tu*).

LE SAVIEZ-VOUS ?

Le cyprès

Depuis l'Antiquité, le cyprès est le symbole de la vie éternelle : son feuillage est toujours vert, son bois ne pourrit pas et il porte des fruits en toute saison. Le bois de cyprès est souvent utilisé pour la fabrication des cercueils des papes et d'autres dignitaires religieux ou grands de ce monde.
Dans tout le midi méditerranéen, c'est « l'arbre des cimetières » ; les cyprès sont plantés autour des tombes par deux pour les adultes ou isolés pour les enfants.

TEXTE 9 MIDAS

« De l'or liquide ruisselle de sa bouche... »

Un roi, nommé Midas, régnait sur la Phrygie[1]. Un jour, Bacchus, le dieu du vin et de la fête[2], accompagné de son joyeux cortège, traversa la région. Or il se trouva que le vieux Silène, le compagnon de toujours de Bacchus, qui l'avait élevé enfant, s'était écarté du cortège ; et, comme il était fatigué, il s'était endormi dans la campagne. Des paysans le recueillirent et le conduisirent auprès de Midas.

Le roi, qui connaissait les fêtes de Bacchus, reconnut le vieux Silène. Il l'accueillit de son mieux et le raccompagna auprès du dieu. Celui-ci fut si heureux de retrouver son ami qu'il proposa à Midas de choisir la récompense qu'il voulait.

Midas réfléchit et répondit :

– Fais que tout ce que je touche soit changé en or étincelant !

Le dieu exauça aussitôt son souhait, tout en regrettant qu'il n'ait pas fait un vœu plus sage.

Le roi Midas le quitte donc, tout heureux de ce qui doit faire son malheur. Et, pour s'assurer de son nouveau pouvoir, il touche en chemin tout ce qu'il rencontre : il cueille une branche verdoyante, elle devient un rameau d'or ; il ramasse un caillou, il prend la teinte pâle de l'or ; il touche une motte de terre, elle devient lingot d'or ; il coupe des épis de blé, il récolte une moisson d'or. Il cueille

1. Phrygie : région d'asie (voir carte p. 9).
2. Voir texte 5, p. 47.

une pomme, on la dirait venue tout droit du jardin des Hespérides[3]. Il arrive aux portes de son palais, il pose ses mains dessus, les portes rayonnent d'or ; il se lave les mains, l'eau ruisselle d'or.

Midas, comblé et ravi, n'en croit pas ses yeux ! Il se met à table ; mais à peine touche-t-il le pain grillé que celui-ci durcit à l'instant ; s'il veut mordre un morceau de viande, c'est une lame d'or qu'il sent sous ses dents ; et s'il se met à boire, de l'or liquide ruisselle de sa bouche…

Effrayé de ce malheur étrange, à la fois riche et misérable, il souhaite que tout cela cesse. Au milieu de tant d'abondance, il meurt de faim et de soif et maudit cet or qui cause son malheur. Enfin, il implore le dieu en levant ses bras dorés au ciel :

– Pardonne-moi, ô Bacchus, dieu de la vigne, j'ai eu tort ! Aie pitié de moi et délivre-moi de ce don funeste !

Les dieux sont indulgents : voyant qu'il reconnaissait son erreur, Bacchus lui dit d'aller se laver dans la source écumante du fleuve Pactole. Midas obéit et lorsqu'il entre dans l'eau, on voit le fleuve se colorer d'or. Et, aujourd'hui encore, les eaux du Pactole charrient des paillettes d'or.

Midas, désormais plein d'horreur pour les richesses, se plaisait dans les forêts et les champs ; mais sa sottise restait la même et lui valut la mésaventure suivante.

Le dieu Pan[4], qui demeurait sur les pentes du mont Tmolus, se vantait souvent, auprès des nymphes, de son talent musical. Un beau jour, il osa prétendre qu'il surpas-

3. Le jardin des Hespérides : il était célèbre pour ses pommes d'or.
4. Pan : dieu des bergers et des troupeaux.

sait Apollon lui-même en ce domaine. Le dieu releva le défi et le concours commença ; le dieu du mont Tmolus fut pris pour juge. Pan, le premier, interpréta un morceau sur sa flûte, faite de roseaux inégaux, et cet air léger et champêtre charma Midas qui était présent.

Ce fut ensuite le tour d'Apollon qui s'avança, revêtu d'une longue robe pourpre ; sa tête blonde était couronnée de laurier, et de la main gauche il tenait une lyre ornée de pierres précieuses et d'ivoire. De sa main droite il effleura les cordes avec son plectre[5]. Il en tira des accords si harmonieux que Tmolus le reconnut vainqueur sans hésiter. Mais Midas eut l'audace de contester ce jugement et provoqua la colère d'Apollon :

– Des oreilles bouchées comme celles-là ne méritent pas de garder une forme humaine !

Il les allonge, les remplit de poils gris et les rend mobiles ; voilà le pauvre Midas affligé d'oreilles d'âne !

Tout honteux, Midas vivait désormais la tête couverte d'un bonnet. Seul le serviteur qui le coiffait connaissait son secret ; mais il mourait d'envie d'en parler à quelqu'un. Incapable de se taire, il creusa un trou au bord de l'eau et murmura : « Midas, le roi Midas a des oreilles d'âne. » Soulagé, il reboucha le trou et s'éloigna bien vite.

Le temps passa et des roseaux poussèrent à l'endroit de la confidence ; et quand le vent les agitait, ils répétaient les paroles enfouies : « Le roi Midas a des oreilles d'âne ! » Et tout le royaume apprit la nouvelle.

Extraits du livre XI.

5. Plectre : fine baguette dont on se sert pour pincer les cordes de la lyre (voir note 1 p. 67).

AI-JE BIEN LU ?

1 Qui est Midas ?

2 **a.** Qui lui accorde une récompense ? Pour quelle raison ?
b. Quel vœu Midas fait-il ?
c. Pourquoi regrette-t-il son vœu ?
d. Comment peut-il l'annuler ?

3 **a.** Qui sont Pan et Apollon ?
b. À quel concours participent-ils ?

4 Qui Midas soutient-il ?

5 Quelle métamorphose subit-il ?

J'ANALYSE LE TEXTE

Un vœu funeste

6 **a.** Quel sentiment Midas éprouve-t-il d'abord lorsqu'il constate que son vœu est réalisé (l. 17-18) ?
b. À quel moment change-t-il de sentiment ? Citez le texte.
c. « Riche et misérable à fois » (l. 33-34) : expliquez l'expression.

7 Comment Midas considère-t-il désormais les richesses ?

8 Quel jugement Bacchus avait-il porté sur le souhait de Midas (l. 15-16) ?

Les séries de métamorphoses

9 **a.** Quels sont les différents objets métamorphosés en or ?
b. Relevez les répétitions du mot « or » (l. 18-32). Pourquoi sont-elles si nombreuses ?

10 Quelle métamorphose Midas subit-il lorsqu'il se plonge dans la source du Pactole ?

QUESTIONS SUR LE TEXTE 9

Le concours musical

— Les deux concurrents

11 Quel défi Pan lance-t-il à Apollon ?

12 Sous quelle apparence Apollon se montre-t-il ?

13 **a.** Quels sont les instruments de musique utilisés par chacun des dieux ?

b. Relevez les adjectifs qui caractérisent chacune de leur musique (l. 51-62).

14 Qui est le juge du concours ? Qui déclare-t-il vainqueur ?

— La faute de Midas et la métamorphose

15 **a.** Quelle faute Midas a-t-il commise envers Apollon ?

b. Comment est-il puni ?

16 Quelle partie de son corps est métamorphosée ? Pourquoi ?

Un secret honteux

17 **a.** Comment Midas cache-t-il son secret ?

b. Quel personnage connaît ce secret ? A-t-il du mal à le garder ?

c. De quelle façon le révèle-t-il au royaume ?

La fonction morale et explicative

— La morale

18 **a.** De quel défaut Midas a-t-il fait preuve à travers le choix de son vœu ?

b. S'est-il finalement puni tout seul ?

19 **a.** Pourquoi Bacchus accepte-t-il d'annuler le vœu de Midas ?

b. Quel élément a un pouvoir purificateur ?

20 Quelle leçon peut-on tirer de cette histoire ?

— L'explication

21 Quelle est la particularité du fleuve Pactole ? En quoi l'histoire du roi Midas peut-elle expliquer cette particularité ?

J'ÉTUDIE LA LANGUE

Grammaire : les modes verbaux

Les verbes ont un mode et un temps.
Les **modes** sont : l'indicatif, le subjonctif, l'impératif, l'infinitif, le participe.

22 **a.** Identifiez les modes des verbes en gras.
b. Qu'exprime chacun de ces modes dans ces phrases ?
– « Fais que tout ce que je touche **soit changé** en or étincelant. » (l. 13-14)
– « **Aie pitié** de moi ! » (l. 39)

Vocabulaire : le mot « pactole »

Le nom propre Pactole est devenu un nom commun.

23 Que signifie aujourd'hui l'expression « toucher le pactole » ? Expliquez son origine.

J'ÉCRIS

Justifier une préférence

24 Midas attribue le prix du meilleur musicien à Pan. Et vous, quel genre de musique préférez-vous : la musique classique, la musique techno, le rock, le rap... ?

CONSIGNES D'ÉCRITURE
- Écrivez au présent.
- Trouvez au moins un argument pour justifier votre choix.
- Citez, à titre d'exemples, des morceaux, des compositeurs, des groupes ou chanteurs...

TEXTE 10 DAPHNÉ

« La fuite embellissait la jeune nymphe. »

Au retour de sa victoire sur le serpent Python[1], Apollon, qui était un remarquable archer[2], vit que le petit Cupidon[3] avait emprunté son grand arc et essayait de le tendre. Il se moqua :

– Que fais-tu avec ce grand arc ? Il n'est pas fait pour toi, tu n'es qu'un enfant ! Même avec cet arc, tu ne pourras jamais m'égaler au tir ! Allez, va, contente-toi d'envoyer avec ton petit arc je ne sais quelles blessures amoureuses dans le cœur des hommes.

Le fils de Vénus entra dans une violente fureur :

– Tu as tort de me provoquer, tu vas voir, c'est toi que je vais prendre pour cible !

Il dit, et fendant à coup d'ailes l'air azuré, il va se poser sur la cime ombreuse du Parnasse[4]. Il tire de son brillant carquois[5] deux flèches dont les effets sont bien différents ; l'une, à la pointe d'or, qui rend amoureux , et l'autre, à la pointe de plomb, qui chasse l'amour des cœurs. Celle à la pointe d'or, perce le cœur d'Apollon ; l'autre, à la pointe de plomb, frappe la nymphe Daphné, fille du fleuve Pénée[6]. La jeune fille, qui passait ses

1. **Serpent Python :** terrible serpent qui dévastait la région de Delphes où Apollon établit son sanctuaire.
2. **Archer :** tireur à l'arc.
3. **Cupidon :** dieu de l'Amour.
4. **Le Parnasse :** dans la mythologie, lieu de résidence d'Apollon et des Muses.
5. **Carquois :** étui destiné à contenir les flèches.
6. **Fleuve Pénée :** Pénée, dieu d'un fleuve du nord de la Grèce.

journées à la chasse, ne se plaisait que dans les forêts profondes.

Apollon tombe aussitôt amoureux. Lorsque Daphné reçut la piqûre de la flèche, elle était en train de courir dans les bois. Il l'aperçoit, bras nus, cheveux dénoués, resplendissant d'une beauté sauvage. Il voit ses yeux qui brillent comme des astres, il voit sa bouche vermeille, ses mains blanches, ses doigts fins. Le feu[7] qui le dévorait brûla encore plus vif et il s'élança à la poursuite de la jeune fille qui s'enfuit, plus rapide que la biche légère.

Tout en la poursuivant, Apollon lui crie, suppliant :

– Ne crains rien, ô belle nymphe, arrête-toi. Malheureuse, tu ne sais même pas qui tu fuis. J'ai pour père Jupiter ; c'est moi qui révèle aux hommes l'avenir, le présent, le passé ; c'est moi qui fais résonner les cordes de la lyre[8] qui accompagne les poètes, c'est moi qui ai inventé la médecine !

La fuite embellissait la jeune nymphe : la brise légère faisait voler ses cheveux, soulevait ses vêtements en un mouvement délicat. Apollon, fou d'amour, la poursuit encore et toujours : tel un chien qui dans un champ moissonné aperçoit un lièvre et le poursuit sans relâche.

Le dieu infatigable gagne du terrain. La malheureuse, toute pâle, ralentit, épuisée par la course rapide ; elle sent maintenant l'haleine brûlante du dieu sur sa nuque où flottent ses longs cheveux, lorsque soudain, devant elle, les arbres s'écartent et elle aperçoit le dieu son père :

---

7. Feu : amour passionné.
8. Lyre : instrument de musique à cordes dans l'Antiquité.

– Ô mon père, aide-moi ; délivre-moi, par une métamorphose.

À peine sa prière achevée, elle sent une lourde torpeur[9] gagner ses membres ; sa délicate poitrine est enveloppée d'une mince écorce ; ses cheveux s'allongent et se changent en feuillage, ses bras en rameaux, son pied qui était tout à l'heure si rapide est retenu au sol par de solides racines ; son visage disparaît dans la frondaison[10]. Seul subsiste en elle l'éclat de sa beauté.

Mais, même ainsi, Apollon l'aime toujours. Il pose sa main sur le tronc de l'arbre et sent le cœur de Daphné qui continue de palpiter sous l'écorce toute nouvelle. Il entoure l'arbre de ses bras et couvre le bois de baisers ; mais ses baisers sont repoussés. Le dieu dit alors à Daphné :

– Ô la plus belle des jeunes filles, te voilà perdue pour moi ; puisque tu ne peux être mon épouse, tu seras mon arbre. Ô laurier, à tout jamais, tu orneras de tes feuilles ma chevelure, et celle des vainqueurs ; à tout jamais, tu orneras ma lyre et mon carquois.

À ce moment, le laurier inclina ses branches neuves et le dieu vit l'arbre agiter sa cime comme en signe de consentement.

Extraits du livre I.

---

9. Torpeur : engourdissement.
10. Frondaison : feuillage.

AI-JE BIEN LU ?

1 Qui est Daphné ?

2 Par qui est-elle poursuivie ?

3 **a.** En quoi est-elle métamorphosée ?

b. Par qui ? Dans quel but ?

J'ANALYSE LE TEXTE

Une querelle entre les dieux

4 **a.** Pour quelle raison le dieu Cupidon punit-il Apollon ?

b. Quelle punition lui inflige-t-il ?

c. Pour cela, quelle flèche envoie-t-il à Apollon ? Quelle flèche à Daphné ?

Une poursuite effrénée

5 Quels termes soulignent la beauté de la jeune nymphe ? Montrez qu'elle est dépeinte dans sa course (l. 25-30 et 38-40).

6 Quels arguments Apollon utilise-t-il pour la convaincre de s'arrêter (l. 32-37) ?

7 Relevez les verbes et la comparaison qui décrivent la poursuite (l. 40-47).

8 Quelles expressions montrent que Daphné est fatiguée et qu'elle a peur (l. 43-47) ?

La métamorphose

— La transformation

9 **a.** Décrivez les étapes de la métamorphose. Relevez les verbes de transformation (l. 50-56).

b. Que conserve Daphné de ses caractéristiques humaines ?

QUESTIONS SUR LE TEXTE 10

— La métamorphose et l'amour

10 Relevez les expressions qui montrent que le dieu Apollon est possédé par l'amour (l. 28-30, 38-42 et 57-62).

> La métamorphose est souvent liée à l'amour. Elle peut être **un moyen de séduction ou un moyen de fuir l'amour**.

11 **a.** Quelle prière Daphné fait-elle à son père ? Est-elle exaucée ?
b. À quoi Daphné échappe-t-elle par cette métamorphose ?

12 Quels privilèges obtient-elle sous cette nouvelle forme ?

— La métamorphose explicative

13 **a.** Quelle explication cette métamorphose fournit-elle sur les attributs choisis par Apollon ?
b. Que symbolise la couronne de laurier ?

J'ÉTUDIE LA LANGUE

Vocabulaire : autour du mot « laurier »

14 **a.** Que signifie l'expression « s'endormir sur ses lauriers » ?
b. « Daphné », qui signifie « laurier » en grec, est devenu un prénom en français. Citez au moins un prénom français issu du mot latin laurus, « laurier ».
c. En latin, « baie de laurier » se disait *bacca laurea*. Quel mot vient de là ? Expliquez le rapport avec Daphné.

Grammaire : la fonction épithète de l'adjectif

15 **a.** Relevez sept adjectifs (dont un participe adjectif) épithètes dans le passage suivant.
b. Dites quel nom ils qualifient. Répondez sous forme de tableau.
« Il l'aperçoit, bras nus, cheveux dénoués, resplendissant d'une beauté sauvage. Il voit ses yeux qui brillent comme des astres, il voit sa bouche vermeille, ses mains blanches, ses doigts fins. »

J'ÉCRIS

Imaginer une métamorphose explicative

16 Imaginez à votre tour quelle métamorphose pourrait être à l'origine d'une plante de votre choix (coquelicot, muguet, ortie, cactus…).

CONSIGNES D'ÉCRITURE
- Dites quel personnage est métamorphosé.
- Décrivez la métamorphose : éléments transformés, verbes de transformation.

LE SAVIEZ-VOUS ?

Les flèches de Cupidon

Cupidon se nomme Éros en grec ou l'Amour. Fils de la déesse Vénus (Aphrodite en grec), il est souvent représenté comme un petit enfant ailé.

Armé d'un arc, il enflamme d'amour les humains comme les dieux. Ses flèches ont des conséquences heureuses ou malheureuses selon le métal de leur pointe : celles à la pointe d'or font naître l'amour, celles à la pointe de plomb rendent insensibles à l'amour.

Dans le texte d'Ovide, Cupidon n'hésite pas à se venger ainsi cruellement de son frère Apollon ; et sous son apparence enfantine il reste un dieu redoutable et puissant.

Dans *L'Âne d'or*, un roman de l'auteur latin Apulée (voir p. 124), Cupidon, sous les traits d'un séduisant jeune homme, tombe amoureux de la belle Psyché qu'il devait punir sur ordre de sa mère jalouse ; et il finira par l'épouser malgré les épreuves envoyées par la déesse.

TEXTE 11 EUROPE

« Une fois de plus Jupiter est amoureux… »

Une fois de plus Jupiter est amoureux : c'est Europe, une belle princesse de Phénicie[1], qui a attiré ses regards. Mais comment ne pas éveiller les soupçons de Junon, sa jalouse épouse ?

La jeune fille a coutume de jouer avec ses amies sur la prairie qui borde la mer et où paissent les troupeaux de son père. Jupiter a donc l'idée de prendre l'apparence d'un magnifique taureau blanc pour la séduire.

Il descend alors de l'Olympe et se mêle au troupeau : il mugit[2] et se promène, resplendissant, sur l'herbe tendre. Son pelage a la couleur de la neige immaculée[3]. Son cou est fort et gonflé de muscles ; ses cornes sont petites, mais ciselées, elles brillent de l'éclat pur des pierres précieuses. Son front n'a rien de menaçant ; ses yeux rien de redoutable ; son expression est paisible.

La fille d'Agénor[4] s'émerveille de voir un animal si beau et si peu agressif ; pourtant elle n'ose pas le toucher. Puis elle s'approche peu à peu de lui et tend des fleurs vers son mufle[5] blanc ; fou d'amour le dieu dépose des baisers sur ses mains. Tantôt il gambade, il bondit sur l'herbe verte,

1. **Phénicie :** pays d'Asie (actuel Liban ; voir carte p. 9).
2. **Mugit :** pousse le cri du taureau.
3. **Immaculée :** d'une blancheur parfaite.
4. **Agénor :** roi de Phénicie.
5. **Mufle :** museau.

L'Enlèvement d'Europe, coupe apulienne, figure rouge à fond noir, 340 avant J.-C., Vienne, Kunsthistorisches Museum.

tantôt il s'étend, tout blanc, sur le sable doré ; et la jeune fille tresse de fraîches guirlandes de fleurs pour orner ses cornes. Enfin la princesse, qui n'a pas reconnu le puissant dieu de l'Olympe, se décide à s'asseoir sur le dos du taureau.

Alors le dieu quitte insensiblement le sable sec, et laisse les vaguelettes du bord mouiller ses pieds ; trompant la jeune fille, il s'avance dans les flots et emporte sa proie vers le large. Europe prend peur mais il est trop tard ; elle jette des regards effrayés en arrière vers le rivage qui s'éloigne ; de la main droite elle tient une corne, elle a posé l'autre sur son dos ; sa robe ondule, frissonnant au gré du vent.

Le couple traverse la mer et aborde sur l'île de Crète. Europe, que Jupiter a mariée au roi Astérion, mettra au monde Minos, le futur roi de l'île ; elle donnera son nom au continent Europe.

Extraits du livre II.

AI-JE BIEN LU ?

1 **a.** Quel dieu est amoureux ? De qui ?
b. De quel animal prend-il l'apparence ?
2 Où le dieu rencontre-t-il celle qu'il aime ? Où l'emporte-t-il ?

J'ANALYSE LE TEXTE

Le cadre

3 Décrivez le lieu où se déroule la scène : citez les éléments du paysage et relevez les adjectifs de couleur (l. 16-25).

Métamorphose et séduction

> La **métamorphose** peut être un moyen de **séduction** : Jupiter l'utilisera à maintes reprises.

4 **a.** Pourquoi Jupiter a-t-il choisi de se métamorphoser en taureau ?
b. Quelles différentes parties du corps de l'animal sont décrites (l. 11-15) ? Citez les noms qui les désignent.
c. Quels termes soulignent la beauté de la bête ?
5 **a.** Comment Jupiter taureau s'y prend-il pour attirer la jeune fille vers lui ?
b. Montrez qu'Europe s'approche progressivement de lui (l. 16-25).
c. Au fur et à mesure de l'approche, sa peur augmente-t-elle ou diminue-t-elle ?

L'enlèvement

6 **a.** Quelle indication de temps (l. 26) marque un tournant dans l'action ?

QUESTIONS SUR LE TEXTE 11

b. Où Jupiter conduit-il la jeune fille ?
c. Par quel nom inquiétant est-elle désignée (l. 26-29) ?

7 **a.** Quel sentiment éprouve-t-elle (l. 29-33) ? Citez le texte.
b. Dans quelle direction regarde-t-elle ?
c. Quel double sens pouvez-vous donner au verbe « frissonnant » ?
d. Quel est l'effet produit par la dernière image du texte (l. 30-33) ?

J'ÉTUDIE LA LANGUE

Vocabulaire : les cris d'animaux

Le taureau **mugit** (l. 10). Le verbe « mugir » exprime le cri des vaches et des taureaux.

8 Retrouvez les cris des animaux avec les verbes de la liste suivante : bêle, hennit, brame, roucoule, coasse, caquette, glougloute, rugit, grogne, hulule (ou ulule).
a. le porc. **b.** le cerf. **c.** le lion. **d.** le dindon. **e.** la brebis. **f.** le cheval. **g.** la poule. **h.** le hibou. **i.** la grenouille. **j.** le pigeon.

J'ÉCRIS

Imaginer une autre métamorphose de Jupiter

9 Imaginez que Jupiter se soit transformé en chat, chien ou autre animal pour séduire Europe. Décrivez l'animal et ses tentatives d'approche.

CONSIGNES D'ÉCRITURE
- Commencez par : *Jupiter a donc l'idée de prendre l'apparence d'un / une...*
- Mettez en évidence la beauté de l'animal.

J'ENQUÊTE

Les métamorphoses de Jupiter

10 Retrouvez les différentes formes que Jupiter a prises pour séduire les mortelles Danaé, Alcmène et Léda.
a. cygne. **b.** pluie d'or. **c.** son mari.
Recherchez les histoires de ces trois personnages. Aidez-vous du site http://mythologica.fr/

LE SAVIEZ-VOUS ?

Princesse et continent

Les Anciens mettaient en relation le nom de la princesse orientale Europe, fille du roi Agénor, avec celui du continent Europe ; mais la légende n'explique pas comment ce continent a reçu le nom de la jeune fille aimée de Jupiter.
Le taureau, dont Zeus a pris l'apparence, est devenu une constellation et compte parmi les signes du zodiaque.

TEXTE 12 ÉCHO

« Plutôt mourir que de t'embrasser ! »

Une nymphe du nom d'Écho vivait autrefois dans une région montagneuse de Grèce. Cette nymphe souffrait d'une terrible infirmité suite à une punition que lui avait infligée Junon.

En effet comme la déesse surprenait souvent Jupiter, son époux, dans les bras de tendres nymphes, Écho avait l'art de retenir son attention en lui parlant pendant des heures, pour donner le temps à ses compagnes de s'enfuir.

Mais la déesse jalouse finit par comprendre la ruse et la condamna en ces termes :

– Comme tu m'as trompée par tes paroles, tu ne parleras plus jamais la première, mais tu te contenteras de répéter les derniers mots que tu entendras.

Un jour, Écho qui se promenait dans les bois, rencontra un jeune chasseur merveilleusement beau. C'était Narcisse, le fils du fleuve Céphise[1] ; il venait d'avoir seize ans, et séduisait tous les cœurs, mais lui-même restait insensible à l'amour. Aussitôt qu'elle le vit, la nymphe en devint passionnément amoureuse et se mit à le suivre en cachette. Que de fois elle rêva de l'aborder par de douces paroles ! Hélas ! elle ne pouvait plus désormais parler la première.

1. **Céphise :** dieu-fleuve du mont Parnasse (voir carte p. 9).

Narcisse ce jour-là s'était retrouvé seul en forêt, il s'était éloigné de ses compagnons de chasse.

– Y a-t-il ici quelqu'un ? s'écrie-t-il.

– Si, quelqu'un, répète Écho qui le suit cachée derrière les taillis.

Surpris le jeune homme regarde autour de lui et insiste :

– Viens !

Écho répète :

– Viens !

Narcisse reprend :

– Par ici, réunissons-nous !

– Unissons-nous ! dit la nymphe charmée.

Elle se montre et veut l'embrasser. Mais Narcisse la repousse et s'enfuit, lui lançant ces paroles cruelles :

– Plutôt mourir que de t'embrasser !

– T'embrasser ! répète Écho désespérée.

Rouge de honte, elle part se cacher au fond des bois. Toujours amoureuse elle erre solitaire et ne se nourrit plus, si bien que sa peau se dessèche, se ride. Bientôt elle n'a plus que les os et la voix ; ses os deviennent rochers. Un son, c'est tout ce qui survit d'elle finalement.

Extraits du livre III.

QUESTIONS SUR LE TEXTE 12

AI-JE BIEN LU ?

1 Qui est Écho ? Où vit-elle ?
2 De quelle infirmité souffre-t-elle ? Pourquoi ?
3 De qui tombe-t-elle amoureuse ?
4 Cet amour est-il partagé ?
5 Qu'arrive-t-il à Écho ?

J'ANALYSE LE TEXTE

Narcisse

6 **a.** Citez les termes qui caractérisent Narcisse (l. 14-18).
b. Quel âge a-t-il ?
c. Quel est son passe-temps favori ?
7 Est-il sensible à l'amour ?

Un dialogue en écho

8 Quel sentiment Écho éprouve-t-elle pour le jeune homme ? Citez le texte.
9 **a.** Quel malentendu naît entre les deux jeunes gens ? Appuyez-vous sur le dialogue et les mots répétés (l. 25-38).
b. Pourquoi Écho est-elle heureuse dans un premier temps ?
10 **a.** Quelles paroles cruelles Narcisse prononce-t-il ?
b. Qu'éprouve alors Écho ? Citez des expressions du texte.

La métamorphose

11 **a.** En quoi Écho est-elle métamorphosée à la fin du récit ?
b. Quelle est la cause de cette métamorphose ?
12 Citez les différentes étapes de la transformation (l. 39-43).

13 Que reste-t-il d'Écho finalement ? Montrez que son état est lié à son principal défaut.

14 Quel phénomène ce récit explique-t-il ?

J'ÉTUDIE LA LANGUE

Conjugaison : le passé simple et l'imparfait

15 Réécrivez les lignes 39-43 en mettant :

a. les verbes « partir », « se dessécher », « se rider », « avoir », « devenir » au passé simple ;

b. les verbes « errer », « se nourrir » à l'imparfait.

Vocabulaire : autour du mot « écho »

16 Qu'est-ce que l'écho ? Dans quel type d'endroit y a-t-il de l'écho ?

17 Que signifient les expressions :

a. avoir écho de quelque chose ;

b. répondre en écho ;

c. se faire l'écho d'une nouvelle ?

TEXTE 13 NARCISSE

« Nuit et jour, Narcisse contemple son image. »

Narcisse continuait toujours à se moquer de l'amour. Et la malheureuse Écho[1] n'avait pas été la seule qu'il avait repoussée.

Un jour, une des jeunes femmes victimes de son dédain[2] s'écria :

– Puisse-t-il aimer lui aussi et ne jamais posséder l'objet de son amour !

Némésis, la déesse de la Juste Colère, décida de venger toutes ces jeunes filles et de punir le jeune homme.

Il y avait près de là une source limpide dont les eaux brillaient comme de l'argent. Protégée des rayons du soleil par une forêt, elle était bordée d'un gazon verdoyant. C'est à cet endroit qu'un jour de forte chaleur Narcisse, fatigué par la chasse, vint se reposer et se désaltérer.

Tandis qu'il se penche pour boire, Narcisse regarde l'eau : il est séduit par le beau visage qui apparaît devant lui, il en tombe aussitôt éperdument amoureux, sans comprendre qu'il est devant son propre reflet !

Allongé sur le sol, il contemple ses yeux qui brillent comme des étoiles, sa chevelure bouclée digne d'Apollon, ses joues lisses, son cou d'ivoire et sa bouche gracieuse. De ses bras, il veut enlacer son reflet ; mais l'image se trouble

---

1. Écho : voir texte 12 p. 90.
2. Dédain : mépris.

dès qu'il effleure l'eau ; et quand la surface de la source redevient lisse, le mystérieux jeune homme réapparaît, et il lui envoie des baisers ardents[3] que l'autre lui renvoie.

Nuit et jour, Narcisse contemple son image mensongère. Il ne ressent plus la faim ni le besoin de dormir et il se meurt d'amour. Tendant ses bras vers les arbres de la forêt, le voici qui déclare :

– Avez-vous vu quelqu'un de plus malheureux que moi ? Je sais désormais ce que d'autres ont ressenti en m'aimant ! Celui que j'aime est là, devant moi, tout près et je ne puis l'atteindre. Et ce qui nous sépare, ce n'est qu'une mince couche d'eau !

Puis, s'adressant à son image :

– Ô, toi, qui que tu sois, je t'en supplie, viens, sors de là ! Pourquoi me fuis-tu ? Pourtant, quand je tends les bras, tu me tends les tiens ; quand je souris, tu me souris. Et même lorsque mes yeux laissent couler des pleurs, les tiens sont noyés de larmes. Hélas ! je crois que je comprends ! Cette image, c'est la mienne ; cette bouche est la mienne, ces yeux sont les miens. Et c'est pour moi-même que je brûle d'amour. C'est moi qui souffre et c'est moi qui suis la cause de mon tourment. Autant mourir… D'ailleurs je n'ai plus de force, je sens que je n'ai plus beaucoup de temps à vivre !

Narcisse pleurait et se regarda encore une fois. Mais ses larmes troublèrent la surface de l'eau et l'image se brouilla. Narcisse déchire alors sa tunique et frappe sa poitrine, marbrant sa peau blanche de meurtrissures rouges.

---

3. Baisers ardents : baisers passionnés.

N'ayant ni dormi, ni bu, ni mangé depuis tant de jours, il dépérit[4] et se laisse mourir ; il a perdu son teint de lis, ses forces et sa vigueur. Plus rien ne survit de la beauté qui séduisit jadis Écho.

Avant que son dernier souffle ne quitte son corps, il murmura plusieurs fois « Hélas ! ».

Écho le revoit, elle est prise de pitié et chaque fois que le malheureux s'écrie : « Hélas ! », sa voix répète : « Hélas ! »

Narcisse une dernière fois se penche sur l'eau pour revoir son image, il murmure :

– Adieu mon amour tant chéri !

Et Écho reprend :

– Adieu… amour tant chéri !

Narcisse épuisé laissa retomber sa tête sur l'herbe verte et la mort ferma ses yeux.

Narcisse rejoignit le ténébreux séjour des morts, et là encore, dit-on, il continua à se regarder dans les eaux noires du Styx[5].

Toutes les nymphes firent retentir les champs et les bois de leurs plaintes. Elles dressèrent le bûcher mortuaire et préparèrent la civière sur laquelle elles allaient déposer le corps. Mais celui-ci avait disparu. À sa place elles trouvèrent une fleur jaune, couleur de safran[6], dont le centre est entouré de pétales blancs et qui pousse désormais au bord de l'eau.

Extraits du livre III.

---

4. Dépérit : s'affaiblit.
5. Styx : fleuve des Enfers, voir texte 4 p. 40.
6. Safran : poudre orangée, tirée de la fleur du même nom.

AI-JE BIEN LU ?

1 Par qui Narcisse est-il puni ? Pourquoi ?
2 Quelle est sa punition ?
3 De quoi Narcisse meurt-il ?
4 En quoi est-il transformé après sa mort ?

J'ANALYSE LE TEXTE

Une rencontre amoureuse

— Le cadre

5 Décrivez l'endroit où Narcisse vient boire. Relevez le vocabulaire de la couleur et de la lumière. Ce lieu est-il agréable ?

— Le portrait de l'être aimé

> Un **portrait mélioratif** met en avant les aspects séduisants d'un personnage, contrairement au **portrait péjoratif** qui en donne une image dévalorisante.

6 **a.** De quel personnage Narcisse tombe-t-il amoureux ? Où le voit-il ?
b. Faites le portrait de ce personnage : relevez les termes qui caractérisent son visage puis les différentes parties de son visage (l. 15-21).
c. Ce portrait est-il mélioratif ou péjoratif ?

— La force de l'amour

7 **a.** Relevez à partir de la ligne 15 au moins quatre expressions qui appartiennent au champ lexical de l'amour.
b. Quelle est la force du sentiment éprouvé par Narcisse ?

QUESTIONS SUR LE TEXTE 13

Un amour désespéré

— Une image mensongère

8 **a.** Pourquoi cet amour fait-il souffrir Narcisse (l. 30-34) ?
b. Expliquez l'expression « Narcisse contemple son image mensongère » (l. 26-27).

9 « Pourtant, quand je tends les bras, tu me tends les tiens ; quand je souris, tu me souris » (l. 37-38) : montrez que la construction des propositions et l'emploi des pronoms reproduit un effet de miroir.

— Amour et souffrance

10 **a.** À quel moment Narcisse comprend-il la vérité ? Appuyez-vous sur l'utilisation des pronoms de la première personne (l. 40-44).
b. Comment sa souffrance se manifeste-t-elle (l. 46-49) ?

Narcisse et Écho

11 **a.** Quel sentiment Écho éprouve-t-elle lorsqu'elle voit Narcisse s'éteindre ?
b. Comment le dialogue en écho permet-il à la nymphe d'exprimer encore son sentiment amoureux ?

Une métamorphose morale et explicative

12 Quelles expressions montrent les changements dans l'apparence de Narcisse (l. 50-53) ?

13 De quoi Narcisse a-t-il pris conscience (l. 30-34) ? La punition a-t-elle eu son effet ?

14 Qu'est-ce qu'un narcisse ? Quelle explication la métamorphose de Narcisse fournit-elle ?

J'ÉTUDIE LA LANGUE

Grammaire : les pronoms

Les principaux pronoms sont les pronoms **personnels** (je, tu...), **possessif** (le mien, le tien...), **démonstratif** (ce, celui...), **relatif** (qui, que...).

15 **a.** À qui chacun des pronoms en gras renvoie-t-il ?
b. Identifiez leur classe grammaticale.
– « **Il lui** envoie des baisers ardents que l'autre **lui** renvoie. »
– « Quand **je** tends les bras, **tu me** tends **les tiens.** »

Vocabulaire : autour du mot « narcisse »

16 **a.** Cherchez dans un dictionnaire la définition de l'adjectif narcissique et du nom narcissisme.
b. Quel rapport établissez-vous avec Narcisse ?

J'ÉCRIS

Rédiger son portrait

17 Regardez-vous dans une glace, et en quelques phrases, décrivez l'image que le miroir vous renvoie.

CONSIGNES D'ÉCRITURE
- Décrivez votre visage (forme, cheveux, yeux, nez, bouche...).
- Indiquez l'impression d'ensemble.

TEXTE 14 DÉDALE ET ICARE

« Et pourquoi ne pourrait-il pas voler comme les oiseaux ? »

Pour enfermer le Minotaure, monstre mi-homme mi taureau, le roi de Crète Minos demanda à l'architecte athénien Dédale de construire le Labyrinthe, enchevêtrement souterrain de tunnels et de couloirs qui n'avait qu'une seule entrée. Thésée avec l'aide d'Ariane, fille de Minos, est venu à bout du monstre : celle-ci avait retrouvé la sortie en dévidant une pelote de fil au fur et à mesure qu'elle avançait.

Quant à Dédale, Minos l'enferme dans le labyrinthe avec son fils Icare pour le punir d'avoir révélé à Ariane la ruse permettant de sortir de la construction.

Dédale avait construit le Labyrinthe de telle sorte que quiconque y était entré ne pouvait plus en sortir. Mais devenu lui-même prisonnier de son œuvre, il ne supportait plus ce lieu maudit où il était retenu avec son fils, le jeune Icare.

Son seul désir était désormais de quitter la Crète[1] et de retourner à Athènes. La tâche était difficile car Minos avait fermé les deux sorties possibles, celle par la terre et celle par la mer. Dédale eut alors une idée. Il dit à son fils :

– Si nous ne pouvons fuir d'ici ni par la terre ni par la mer, nous le ferons par le ciel ! Tu vas voir ! Je vais bien trouver un moyen !

1. Crète : île de la Méditerranée, au sud de la Grèce (voir carte p. 9).

Ayant ainsi parlé, le brillant inventeur se met au travail. Il laisse aller son imagination, cherchant à défier les lois de la nature. Et pourquoi ne pourrait-il pas voler comme les oiseaux ? Il suffirait de se fabriquer des ailes ! C'est ce qu'il fait et voici comment.

Il dispose des plumes côte à côte, et les range par ordre décroissant, de la plus longue à la plus courte, exactement comme les flûtes de Pan[2] qui sont faites de roseaux d'inégales longueurs.

Dédale attache ensuite les plumes avec du fil de lin[3] et de la cire, puis il les recourbe pour imiter les ailes des oiseaux.

Le jeune Icare le regardait faire, ravi, sans savoir qu'il fabriquait l'instrument de sa perte. Le sourire aux lèvres, l'air heureux, il jouait avec les plumes que la brise vagabonde faisait voler ou bien il s'amusait avec son pouce à pétrir la cire blonde, gênant par ses jeux le merveilleux travail de son père.

Enfin, quand l'artisan a mis la dernière touche à son œuvre, il fixe les ailes à ses épaules, cherche son équilibre, puis fait à son fils les dernières recommandations :

– Icare, fais bien attention à toi ; quand tu seras dans les airs, reste toujours à mi-hauteur. Si tu descends trop bas, tu risques d'effleurer la mer et de recevoir des embruns[4] qui alourdiront tes ailes ; et si tu montes trop haut, le feu brûlant du soleil fera fondre la cire. Encore une chose : ne

---

2. Flûte de Pan : flûte faite à l'origine d'un assemblage de roseaux.
3. Lin : plante cultivée pour ses tiges dont on extrait notamment les fibres textiles.
4. Embruns : gouttelettes d'eau de mer projetées par les vagues.

regarde surtout pas les constellations, mais suis-moi sans me quitter des yeux.

Et tout en parlant, le père ajuste ces ailes nouvelles sur les épaules de son fils. Ses vieilles joues se mouillent de larmes, ses mains de père se mettent à trembler. Il embrasse pour la dernière fois le jeune garçon puis prend son vol. Mais il est inquiet pour son enfant comme les oiseaux le sont pour leurs tendres et fragiles petits au moment où ils quittent le nid et se lancent pour la première fois dans les airs.

Tous deux s'élèvent donc légèrement et sans effort, et prennent peu à peu de l'altitude. Dédale apprend à Icare à voler ; le malheureux ne se doute pas qu'il est l'artisan de son malheur... Son fils le suit de près, il ne le quitte pas des yeux. Tous les gens qui les voient passer restent bouche bée de stupeur et d'admiration : le pêcheur qui allait attraper un poisson au bout de sa gaule[5] tremblante, le berger appuyé sur son bâton, le laboureur sur le manche de sa charrue... Mais qui sont ces hommes capables de fendre les airs ? Sûrement des dieux...

Ravis et émerveillés, le père et le fils ont déjà quitté la Crète. Ils ont laissé derrière eux, à leur gauche, les îles de Paros, Samos et Délos ; à droite, ils survolent les îles de Lébynthos et Calymné[6], célèbre pour son miel.

Mais bientôt, le jeune garçon, grisé par ce nouveau et merveilleux pouvoir, se pense l'égal des oiseaux et s'en-

---

5. Gaule : canne à pêche.
6. Paros, Samos, Lébynthos, Calymné : îles de la mer Égée.

hardit à voler plus haut, toujours plus haut, faisant fi[7] des conseils de son père. Et voilà qu'il s'approche du soleil sans entendre ses cris angoissés... La cire parfumée, qui retenait les plumes assemblées, s'amollit puis se met à fondre. Les ailes se détachent ; l'enfant, effrayé, agite ses bras désormais nus : privé de ses ailes, il n'a plus de prise sur l'air. Il tombe dans la mer ; sa bouche crie encore le nom de son père quand il boit l'eau bleue qui l'engloutit et qui porte désormais son nom.

Le malheureux père, qui maintenant ne l'est plus, crie de toutes ses forces :

– Icare ! Icare ! Mon enfant ! Où es-tu ? En quel endroit dois-je te chercher ?

Désespéré, il criait encore « Icare ! » quand il vit des plumes qui flottaient sur l'eau. Alors, il maudit son art funeste[8], il recueille le corps de son fils et l'enterre dans l'île qui porte depuis son nom, l'île Icaria[9].

Extraits du livre VIII.

7. Faisant fi : ne se préoccupant pas.
8. Funeste : qui apporte le malheur, la mort.
9. Icaria : les Anciens appelaient mer Icarienne la partie orientale de la mer Égée et Icaria l'une de ses îles.

QUESTIONS SUR LE TEXTE 14

AI-JE BIEN LU ?

1. Qui sont Dédale et Icare ?
2. Dans quel lieu Dédale et Icare sont-ils enfermés ?
3. Quel procédé Dédale imagine-t-il pour quitter ce lieu ?
4. Qu'est-il arrivé à Icare ?

J'ANALYSE LE TEXTE

Le projet de métamorphose

— Le pouvoir créateur de Dédale

> Dans l'œuvre d'Ovide, il arrive que la métamorphose ne soit qu'une **tentative de métamorphose**.

5. Quel est le métier de Dédale ? Relevez une expression qui montre qu'il est brillant dans son art (l. 13).

6. **a.** Par quelle voie Dédale imagine-t-il pouvoir sortir du Labyrinthe ?
b. En quoi a-t-il cherché à se métamorphoser ? Appuyez-vous sur un champ lexical que vous relèverez (l. 15-24) et sur la comparaison des lignes 45-48.
c. Quels matériaux a-t-il utilisés ?

— Avant le départ

7. **a.** Quelles consignes Dédale donne-t-il à Icare ?
b. Quels dangers doit-il éviter ?
c. Quelles expressions montrent l'inquiétude de Dédale avant le départ ?

La métamorphose interdite

La nature défiée

8 **a.** Dédale est-il un mortel ou un dieu ?
b. « Il laisse aller son imagination, cherchant à défier les lois de la nature » (l. 14-15) : quelle loi de la nature n'a-t-il pas respectée ?

9 **a.** Qui sont les spectateurs de la scène ?
b. Relevez les termes qui expriment leur réaction (l. 53-58).
c. Pour qui prennent-ils Dédale et Icare ?

Des règles non respectées

10 **a.** Pourquoi, à un certain moment, Icare ne suit-il plus les règles imposées par son père ? Citez le texte.
b. Quelles explications donnez-vous à son comportement ?

Construction et destruction

11 Comparez les deux passages des lignes 18-24 et 67-71.
a. Relevez les verbes qui expriment la construction puis la déconstruction de l'objet, ainsi que le verbe à la forme négative.
b. Comment Dédale et Icare ont-ils été punis ?

Le tragique et la portée du récit

12 **a.** Relevez l'expression qui décrit la mort d'Icare.
b. Comment Dédale comprend-il que son fils n'est plus ?

13 Quelles dénominations géographiques ce récit explique-t-il ?

14 **a.** L'homme peut-il être le maître des airs et approcher le monde des dieux ? Reportez-vous au texte 1 p. 14 (l. 25-36).
b. Quelle est la mise en garde faite aux hommes quant au dépassement de certaines limites ?

QUESTIONS SUR LE TEXTE 14

J'ÉTUDIE LA LANGUE

Vocabulaire : le mot « dédale »

15 Le nom propre Dédale est devenu un nom commun.
a. Que signifie-il ?
b. Comment distingue-t-on un nom commun d'un nom propre ?

Vocabulaire : le mot « oiseau » en latin

16 **a.** En latin, le mot « oiseau » se dit avis. Quel mot français vient de là, en rapport avec le mythe de Dédale et Icare ?
b. Le mythe d'Icare correspond-il à un désir que l'homme a eu de tout temps ?

Grammaire : l'expression de l'ordre

17 « Icare, fais bien attention à toi ; quand tu seras dans les airs, reste toujours à mi-hauteur. [...] ne regarde surtout pas les constellations, mais suis-moi sans me quitter des yeux. »
a. Relevez les verbes à l'impératif présent.
b. Réécrivez la phrase en utilisant le subjonctif présent : *Icare, il faut que... ; il faut que... il ne faut pas que... mais il faut que...*

J'ÉCRIS

Décrire une machine extraordinaire

18 Vous êtes le brillant inventeur d'une machine extraordinaire. Présentez-la au concours des jeunes inventeurs.

CONSIGNES D'ÉCRITURE
- Dites à quoi elle sert et décrivez-la.
- Vous pouvez faire un dessin pour illustrer votre texte.

« Et il devint amoureux de son œuvre. »

Pygmalion était un sculpteur de grand talent qui vivait dans l'île de Chypre[1]. Il avait choisi de ne pas se marier car il considérait que les femmes avaient trop de défauts et que l'on ne pouvait leur faire confiance. Aussi se consacrait-il uniquement à son art.

Un jour cependant, il sculpta dans l'ivoire une statue merveilleuse, blanche comme la neige : une jeune fille si belle et parfaite qu'on l'aurait crue vivante. Et il devint amoureux de son œuvre.

Émerveillé, Pygmalion caressait sa statue, il la serrait dans ses bras, lui parlait et lui donnait des baisers en s'imaginant qu'elle l'embrassait en retour. Il lui apportait aussi des petits cadeaux qui plaisent habituellement aux jeunes filles : des coquillages, des galets polis, des balles peintes, des fleurs multicolores ou de petits oiseaux. Il l'habillait de vêtements somptueux et la couvrait de bijoux : des bagues à ses doigts, de longs colliers à son cou et des perles à ses oreilles. Puis, il l'allongeait sur des coussins moelleux et l'appelait sa bien-aimée.

Mais bientôt, il fut de plus en plus malheureux d'aimer de cette façon un objet sans vie, d'un amour qui ne serait jamais partagé.

Voilà que le jour de la fête de Vénus était venu. Tous les habitants de l'île s'étaient rassemblés pour la célébrer avec

1. **Chypre :** île grecque proche des côtes turques.

éclat – car c'est à Chypre que la déesse de l'Amour est née de l'écume.

Devant le temple de la déesse, on sacrifiait de jeunes vaches au pelage blanc et aux cornes dorées ; l'encens fumait de toutes parts. Pygmalion, debout devant l'autel, déposa son offrande et murmura sa prière d'une voix timide :

– Dieux tout puissants, si tout vous est possible, j'aimerais avoir pour épouse – il n'ose dire ma statue – une femme semblable à ma statue d'ivoire.

Vénus resplendissante d'or assistait en personne aux cérémonies. Elle fut touchée par tant d'amour et de désespoir amoureux. Et, pour lui montrer qu'elle accueillait favorablement sa demande, elle lui envoya un signe : trois fois la flamme sur l'autel se ralluma, trois fois une langue de feu s'éleva vers le ciel.

Bouleversé, Pygmalion court à son atelier retrouver sa chère statue. Il se penche sur le lit où il l'a laissée et lui donne un baiser. Grands dieux ! Est-ce vrai ? Ses lèvres sont tièdes ! Tout tremblant il caresse son cou, ses épaules, sa poitrine : l'ivoire s'amollit sous ses doigts, comme la cire des abeilles qui devient molle et souple au soleil.

Pygmalion reste stupéfait ; il n'ose se réjouir de son bonheur, car il craint de se tromper. Sa main hésite, essaie une timide caresse… au contact de ses doigts il sent battre ses veines sous la peau fine et douce.

Mais oui ! elle est bien vivante ! Son vœu est exaucé ! Alors le sculpteur, ému et reconnaissant, rend grâce à Vénus ; il pose ses lèvres sur la bouche de la jeune fille. Elle sent le baiser ; elle rougit ; elle ouvre les yeux et découvre en même temps que la lumière du jour, les yeux de son amant.

Il l'appela Galatée et la déesse Vénus assista à leur mariage : c'était son œuvre en effet. Et au bout de neuf lunes[2], la jeune épouse mit au monde une fille, Paphos : l'île de Chypre[3] porte encore aujourd'hui son nom.

Extraits du livre X.

É.-M. Falconet (1716-1791), *Pygmalion et Galatée*, 1761, sculpture, Paris, musée du Louvre.

2. Neuf lunes : approximativement neuf mois.
3. Paphos : en fait, nom d'une ville de Chypre.

QUESTIONS SUR LE TEXTE 15

AI-JE BIEN LU ?

❶ Qui est Pygmalion ? Dans quelle île vit-il ?
❷ De qui tombe-t-il amoureux ?
❸ À quelle métamorphose assiste-t-il ?

J'ANALYSE LE TEXTE

La métamorphose par l'art : l'œuvre du sculpteur

❹ **a.** Avec quelle matière Pygmalion a-t-il sculpté sa statue ? Quelle est sa couleur ?
b. À quoi cette couleur est-elle comparée ? De quoi est-elle le symbole ?
❺ Quelles expressions soulignent la beauté de la statue et le génie du sculpteur (l. 1-8) ?
❻ Pourquoi peut-on dire que l'œuvre de Pygmalion est le résultat d'une métamorphose ?

La métamorphose par l'amour

❼ **a.** Pourquoi Pygmalion tombe-t-il amoureux de sa statue ? Citez le texte.
b. Comment manifeste-t-il son amour pour elle (l. 10-19) ?
❽ Pourquoi est-il malheureux (l. 20-22) ?
❾ **a.** Quels gestes de Pygmalion provoquent la métamorphose (l. 42-56) ?
b. Relevez les étapes de la métamorphose. Quels changements se produisent (l. 43-56) ?

La déesse Vénus

Le culte de Vénus

10 **a.** Dans quelle île Vénus est-elle célébrée ? Pourquoi ?
b. Quels rites religieux sont accomplis en son honneur ?

Le merveilleux

11 **a.** Quelle image le poète donne-t-il de la déesse Vénus ? Citez le texte.
b. Quel signe surnaturel Vénus envoie-t-elle à Pygmalion ? Que veut-elle ainsi lui faire savoir ?

12 **a.** Quelle prière Pygmalion fait-il à Vénus ?
b. Pour quelles raisons Vénus a-t-elle permis la métamorphose de la statue ?

13 À quel moment Vénus intervient-elle à nouveau dans l'histoire du couple (l. 57-58) ?

14 Quelle explication géographique est donnée à la fin du texte ?

J'ÉTUDIE LA LANGUE

Grammaire : la conjugaison de l'impératif présent

15 **a.** « Donnez-moi pour épouse une femme semblable à ma statue. » : écrivez cette phrase à la deuxième personne du singulier.
b. Conjuguez les verbes suivants aux trois personnes de l'impératif.
– (Accepter) cette offrande.
– (Obéir) aux dieux.
– (Courir) au temple.

QUESTIONS SUR LE TEXTE 15

Vocabulaire : nom propre, nom commun

16 Expliquer l'expression « jouer les pygmalions » à partir du nom du personnage de cette légende.

J'ÉCRIS

Raconter une métamorphose à la 1re personne

17 Un jour la petite Paphos, jouant dans l'atelier de son père, lui demande quelle est sa statue préférée. Pygmalion lui raconte alors la métamorphose de sa mère Galatée.

CONSIGNES D'ÉCRITURE
- Rédigez à la 1re personne.
- Vous pouvez reprendre des expressions du texte :
  – pour décrire la statue et sa métamorphose ;
  – pour exprimer les sentiments de Pygmalion.

J'ENQUÊTE

La déesse Vénus

18 **a.** Quel est le nom grec de la déesse Vénus ? Comment est-elle née ?

b. À quel dieu est-elle mariée ? Qui est son fils ?

c. Quels sont ses fonctions et attributs (objets et animaux qui lui sont associés) ?

Vous pouvez consulter une encyclopédie, un dictionnaire mythologique ou le site http://mythologica.fr/grec/index.htm

TEXTE 16 ORPHÉE ET EURYDICE

« Rendez-moi mon Eurydice. »

Enveloppé dans son manteau couleur de safran[1], Hyménée, le dieu du mariage, volait à travers les airs. Il se dirigeait vers la Thrace[2] pour répondre à l'invitation d'Orphée[3], le célèbre poète musicien. Ce jour-là en effet on célébrait ses noces avec la belle Eurydice.

Mais quand le dieu arriva près des nouveaux époux, il ne prononça pas les vœux habituels de bonheur : il était triste car la torche nuptiale[4] qu'il tenait à la main se consumait en sifflant. Il avait beau la secouer, elle ne se rallumait pas et laissait échapper une fumée âcre[5] qui faisait pleurer les yeux.

C'était là de bien sinistres présages qui furent hélas confirmés.

La noce à peine achevée, tandis que la jeune mariée se promenait dans les prés fleuris avec ses compagnes, un serpent venimeux la piqua au talon, et elle en mourut aussitôt.

Accablé de douleur, le malheureux Orphée la pleura longtemps. Il erra durant des jours, inconsolable, puis il décida d'aller rechercher sa bien-aimée au royaume des morts.

1. **Safran :** poudre orangée, tirée de la fleur du même nom. La couleur du manteau correspond au voile orangé que porte la jeune mariée.
2. **Thrace :** pays au nord de la Grèce (voir carte p. 9).
3. **Orphée :** fils du roi de Thrace et de Calliope, muse de la poésie. Grâce à la lyre que lui avait offerte Apollon, il charmait les bêtes sauvages de son chant.
4. **Torche nuptiale :** Hyménée porte un flambeau nuptial qu'il agite vivement pour que la flamme soit brillante, ce qui est de bon augure pour le mariage.
5. **Âcre :** irritante.

Emportant sa lyre, il osa descendre jusque sur les bords du Styx[6] en passant par la porte du Ténare[7]. Jouant de son instrument, il réussit à passer les obstacles et à pénétrer dans le monde souterrain. Enfin, fendant la foule des ombres[8], il parvint jusqu'au maître des lieux, le lugubre Pluton qui siégeait aux côtés de son épouse Proserpine.

Alors le poète frappa quelques accords sur sa lyre et se mit à chanter ainsi :

– Ô dieux du monde souterrain où nous descendrons tous un jour, je ne suis pas venu visiter les ténèbres du Tartare[9], ni enchaîner le redoutable Cerbère, le monstre à trois têtes[10] ; non, je suis venu chercher ici ma jeune épouse : une vipère a mordu mon Eurydice et l'a fait mourir, hélas ! J'ai tout tenté pour accepter mon malheur ; mais l'Amour est le plus fort ! L'Amour ! c'est un dieu bien connu sur terre... L'est-il aussi ici-bas ? Oui sans doute ! Ne dit-on pas que Pluton a enlevé Proserpine par amour ?... C'est donc que l'Amour vous unit, vous, le roi et la reine des Enfers ! Alors je vous en conjure au nom de cet amour, au nom de ce lieu plein d'épouvante, rendez-moi mon Eurydice, elle est trop jeune pour mourir ! Je le sais bien, nous aurons ici notre dernière demeure et nous y viendrons le temps venu, mais laissez-nous vivre notre amour encore un peu de temps ! Si vous refusez, je resterai ici et me laisserai mourir sous vos yeux !

---

6. Styx : fleuve qui sépare le monde des vivants du monde des morts.
7. Ténare : pointe rocheuse au sud du Péloponnèse, en Grèce (voir carte p. 9).
8. Les ombres : les morts (les Anciens croyaient que les morts devenaient des ombres transparentes).
9. Tartare : lieu des supplices aux Enfers.
10. Monstre à trois têtes : chien à trois têtes, gardien des Enfers.

Pendant qu'il laissait échapper ces plaintes au son de sa lyre, les ombres pâles des défunts s'approchent en pleurant ; dans le Tartare, les supplices des criminels s'interrompent : Tantale[11] n'essaie plus de boire l'eau fuyante ; la roue enflammée d'Ixion[12] s'arrête ; les vautours oublient de becqueter le foie de leurs victimes ; les Danaïdes[13] cessent d'emplir leurs tonneaux et Sisyphe[14] s'assoit sur son rocher.

Ni le dieu des Enfers, ni son épouse ne peuvent résister à cette prière ; ils appellent Eurydice ; elle était là, parmi les ombres récemment arrivées ; elle s'avance lentement, gênée par sa blessure au talon. Orphée obtient qu'elle lui soit rendue, mais à une condition : sous aucun prétexte, il ne devait se retourner pour la regarder, avant d'avoir franchi les portes des Enfers. S'il le faisait, il la perdait à tout jamais !

Orphée retrouva donc son Eurydice et, ensemble, dans un profond silence, ils prennent le chemin qui mène à la vie, un sentier escarpé, obscur et noyé dans un épais brouillard.

Orphée était devant, Eurydice suivait à quelques pas. Enfin, les voilà tout près d'atteindre la surface de la terre !

Bientôt, Orphée entrevoit la lumière du jour. Trop impatient de revoir sa bien-aimée, il se retourne : dans le même instant, Eurydice est entraînée vers l'arrière ;

11. Tantale : condamné à ne pouvoir manger les fruits qui pendent au-dessus de sa tête, ni boire l'eau toute proche de lui.
12. Ixion : lié à une roue enflammée qui tourne sans fin.
13. Danaïdes : condamnées à remplir un tonneau sans fond pour avoir tué leurs maris.
14. Sisyphe : condamné à rouler sans répit un rocher jusqu'au sommet d'une pente ; ce rocher retombe chaque fois.

elle tend désespérément les bras vers lui, il veut la retenir mais il n'étreint que son ombre. C'en est fait ! Eurydice meurt une seconde fois ! Elle lui crie un dernier « Adieu » qu'il entend à peine puis elle s'évanouit pour toujours dans la nuit souterraine : l'Enfer a reconquis sa proie.

Orphée, paralysé par l'effroi, tente de se précipiter à sa suite pour descendre avec elle, mais en vain : les dieux ne lui permettent pas de pénétrer une seconde fois, vivant, dans le monde des morts. En proie à la plus grande désolation, Orphée finit par revenir en Thrace. Là il vivait solitaire au sein de la nature et fuyait l'amour. Assis sous les ombrages, s'accompagnant de sa lyre, il charmait[15] de ses chants mélancoliques les arbres, les bêtes féroces et même les rochers.

Extraits du livre X.

15. Charmait : envoûtait comme par magie.

AI-JE BIEN LU ?

1 **a.** Qui sont Orphée et Eurydice ?
b. Quelle cérémonie viennent-ils de célébrer ?

2 Qu'est-il arrivé à Eurydice ?

3 **a.** Quelle faveur exceptionnelle Orphée obtient-il du roi et de la reine des Enfers ?
b. À quelle condition ?
c. Respecte-t-il cette condition ?

J'ANALYSE LE TEXTE

Le drame

4 Dans quel pays la scène se déroule-t-elle ?

5 Quels signes annoncent un malheur lors du mariage d'Orphée (l. 1-11) ?

6 **a.** Quelle est la cause de la mort d'Eurydice ?
b. Comment le chagrin d'Orphée se manifeste-t-il ? Relevez le champ lexical de la douleur (l. 18-20).

Le chant d'Orphée

— Les arguments d'Orphée

7 **a.** Quels personnages Orphée veut-il convaincre ? De quoi ?
b. Quels différents arguments utilise-t-il (l. 29-45) ?

8 **a.** Au nom de quel sentiment Orphée supplie-t-il le roi et la reine des Enfers ?
b. Pourquoi Pluton et Proserpine devraient-ils être sensibles à ce sentiment ?

— L'art du musicien

9 De quel instrument Orphée accompagne-t-il son chant ?

QUESTIONS SUR LE TEXTE 16

10 Un vivant peut-il en principe se rendre dans le royaume des morts ? Comment Orphée a-t-il réussi cet exploit ?

11 **a.** Faites la liste des personnages qui, aux Enfers, sont émus par son chant (l. 46-55).
b. Comment manifestent-ils leur émotion ?

12 **a.** À quelle occupation Orphée se livre-t-il une fois qu'il est revenu seul en Thrace ?
b. Quel est le pouvoir de son chant ?

La métamorphose et la mort

— Le royaume des morts

13 Décrivez le royaume des morts. Quelle image le poète en donne-t-il ?

14 Quelle apparence les morts ont-ils une fois qu'ils sont aux Enfers (l. 55-56) ? Montrez qu'ils ont subi une métamorphose.

15 Quel chemin Orphée et Eurydice doivent-ils parcourir pour sortir des Enfers ? Citez les termes qui le caractérisent.

— Une métamorphose interdite

16 **a.** Quelle métamorphose Orphée demande-t-il pour Eurydice ? Pourquoi ne l'a-t-il finalement pas obtenue ?
b. Cette métamorphose est-elle permise aux humains ?
c. À quelle loi implacable les mortels doivent-ils se soumettre ?

J'ÉTUDIE LA LANGUE

Grammaire : déterminants et pronoms

17 « Laissez-**nous** vivre **notre** amour encore un peu de temps ! Si **vous** refusez, je resterai ici et me laisserai mourir sous **vos** yeux ! » (l. 43-45).

a. Dites si les mots en gras sont des déterminants ou des pronoms.
b. Donnez la classe précise des pronoms et des déterminants.

Vocabulaire : les niveaux de langage

18 Trois termes désignent l'union de deux êtres : le mariage, les noces, l'hyménée.
a. Lesquels sont de niveau courant ? Lequel de niveau soutenu ?
b. Expliquez à partir de la première phrase du texte l'origine du terme de niveau soutenu.

J'ÉCRIS

Faire parler un personnage

19 « Ni le dieu des Enfers, ni son épouse ne peuvent résister à cette prière. » (l. 54-55).
Rédigez les paroles que Proserpine adresse à Orphée.

CONSIGNES D'ÉCRITURE
- Vous pouvez commencer par : *Ton amour est le plus fort : je t'accorde…*
- N'oubliez pas la condition que Proserpine impose.

BILAN DE LECTURE

L'ATELIER D'ÉCRITURE

J'écris un récit de métamorphose

1 Je lis le sujet : vous êtes inscrit dans une école de sorcellerie et appréciez le cours « Métamorphoses animales et végétales ». Un jour, vous trouvez par hasard une formule magique et/ou une potion mystérieuse. Vous projetez de vous en servir sur un(e) camarade pour vous amuser, mais cela ne se passe pas comme prévu : c'est vous-même qui êtes métamorphosé(e).
Vous ferez le récit de cette métamorphose à la 1re personne.

2 Je cherche les idées
- **Je choisis la métamorphose :** mammifère ; poisson ; oiseau ; insecte ; fleur, arbre, fruit…
- **Je liste les parties du corps** qui vont se métamorphoser.

3 Je rédige
- **Une introduction** (qui peut s'inspirer de l'énoncé du sujet) ; j'utilise le passé simple et l'imparfait.
- **Un développement** en trois courts paragraphes :
– les circonstances qui provoquent la métamorphose (je renverse de la potion sur mes mains, je me trompe de formule…) ;
– le récit de la métamorphose, au présent ;
– mes réactions et celles de l'entourage.
- **Un dénouement** (retour à la forme humaine).
- **Une conclusion** (la leçon que j'ai tirée de l'aventure).

4 Je choisis les verbes de transformation
– Changements : devenir, se changer, se métamorphoser…
– Perte ou apparition d'éléments : pousser, tomber…
– Taille : diminuer, rapetisser, grandir, enfler…
– Consistance : durcir, s'amollir, se couvrir de plumes, d'écailles…
– Couleur : noircir, rosir, verdir, jaunir…

L'ATELIER JEU

5 Qui suis-je ?

Je me cache dans la colonne grise. Complétez la grille pour savoir qui je suis.

1. Je suis inconsolable depuis la mort de mon ami.
2. J'ai donné mon nom à un continent.
3. J'ai été métamorphosé en loup.
4. Je suis amoureux de mon image.
5. Je me suis brûlé les ailes.
6. Je tisse encore des toiles.
7. Je séduis les dieux par mes chants.
8. J'ai façonné la plus belle des statues.
9. J'ai été aimée par Apollon.
10. J'ai été sauvé du déluge.

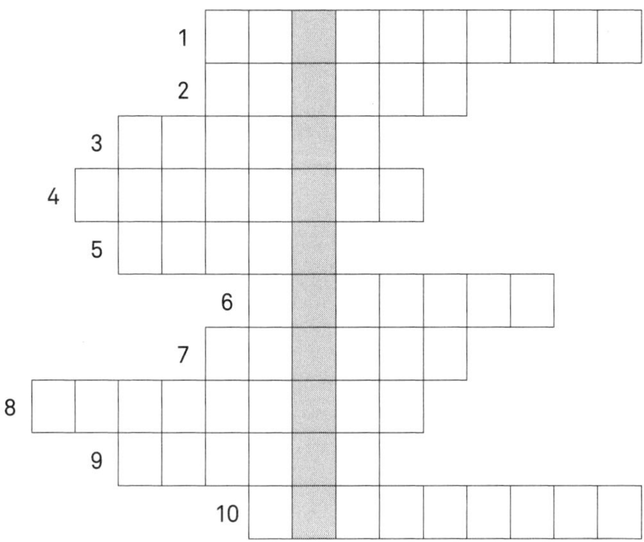

BILAN DE LECTURE

6 Au secours ! Nous avons été métamorphosés !

Associez chaque personnage des *Métamorphoses* (liste I) à la métamorphose qu'il a subie (liste II).
Disposez vos réponses en deux colonnes.

Liste I : 1. pirate. **2.** Daphné. **3.** Jupiter. **4.** Arachné. **5.** Cyparissus. **6.** un enfant. **7.** Lycaon.

Liste II : a. cyprès. **b.** taureau. **c.** lézard. **d.** dauphin. **e.** loup. **f.** araignée. **g.** laurier.

7 Des verbes qui se métamorphosent

Retrouvez les verbes qui permettent de se métamorphoser (ex. : devenir rouge → rougir).

– **Changement de couleur : a.** devenir noir. **b.** devenir jaune. **c.** devenir blanc.

– **Changement de forme : a.** devenir gros. **b.** devenir grand. **c.** devenir petit. **d.** devenir court. **e.** devenir large. **f.** devenir long.

– **Changement de consistance : a.** devenir dur. **b.** devenir mou. **c.** devenir solide. **d.** devenir raide.

8 Désordre chez les dieux !

Remettez de l'ordre dans nos noms et fonctions bouleversés par ce coquin de Cupidon.

Noms grecs	Noms latins	Fonctions
Zeus	Pluton	Vin et théâtre
Athéna	Cérès	Amour
Dionysos	Jupiter	Enfers
Aphrodite	Minerve	Moissons
Hadès	Bacchus	Ciel
Déméter	Vénus	Sagesse

Le thème de la métamorphose à travers les siècles

Spider-Man,
film de Sam Raimi,
2007, États-Unis.

TEXTE 1 APULÉE

L'âne d'or

L'auteur latin Apulée (vers 125-170 après J.-C.), né en Afrique romaine (actuelle Algérie), raconte dans son célèbre roman L'Âne d'or ou Les Métamorphoses *les aventures du jeune Lucius, victime de sa curiosité pour la magie.*

Le narrateur, le jeune Lucius, voyage en Thessalie, une région de Grèce. Curieux de découvrir les mystères de la magie, il devient l'ami de Photis, la servante de Pamphile, une dangereuse sorcière. Lucius demande à Photis de venir le chercher quand Pamphile se livrera à la sorcellerie.

Le jour tant attendu arrive enfin : Photis accourt vers moi tout émue et m'annonce que sa maîtresse allait se changer en oiseau la nuit suivante, et qu'elle s'envolerait ainsi vers son bel amoureux :

– Tiens-toi prêt et ne fais pas d'imprudence si tu veux assister à cet événement extraordinaire.

Et en effet, vers dix heures du soir, elle vient me chercher et me conduit sur la pointe des pieds à la fameuse chambre ; un doigt sur la bouche elle me fait signe de regarder par une fente de la porte.

Et voici la scène que je découvris : Pamphile commença par se déshabiller entièrement ; ensuite elle ouvrit un coffret et en sortit plusieurs boîtes ; elle ôta le couvercle de l'une d'elles et en retira une bonne dose de pommade dont elle se massa des pieds à la tête. Puis elle chantonna à voix basse une formule magique et se mit à agiter ses bras d'un mouvement souple et continu. Et peu à peu voici qu'ils se couvrent d'un fin duvet ; puis de longues plumes se mettent à pousser tandis que son nez se recourbe et se durcit, et que ses ongles s'allongent et deviennent crochus. Pamphile s'est métamorphosée en hibou ! Jetant de petits cris, elle sautille et teste ses ailes au ras du sol ; mais bientôt elle s'élève dans les airs et disparaît au loin.

Et moi je restais là stupéfait, n'en croyant pas mes yeux. Enfin, reprenant mes esprits, je pris la main de Photis et la suppliai ainsi :

– Procure-moi, je t'en prie, ma chérie, un peu de cette pommade. Je t'en serai éternellement reconnaissant et volerai jusqu'à toi dès que tu m'appelleras. Mais, dis-moi, une fois que je serai oiseau, sais-tu ce que je devrai faire pour me débarrasser de mes plumes et redevenir Lucius ?

– Sois tranquille, me dit-elle ; j'ai appris de ma maîtresse ce qu'il faut faire pour retrouver sa figure humaine : il te suffira de boire une tisane à base de quelques feuilles de laurier infusées dans de l'eau de source.

Mon amie finit alors par se laisser convaincre. Elle se glisse donc dans la chambre de sa maîtresse et en revient avec une boîte.

Tremblant de joie et d'excitation je retire en un clin d'œil tous mes vêtements ; ouvrant la boîte j'y puise une bonne quantité de pommade dont je me frictionne tout le corps. Puis imitant la sorcière j'agite mes bras à la manière d'un oiseau ; mais pas la moindre plume, pas le plus petit duvet ! Au lieu de cela, ma peau si douce devient dure comme du cuir et se couvre de poils longs et rudes ; les doigts de mes pieds et de mes mains se rejoignent et se transforment en sabots ; une longue queue pousse en bas de mon dos ; mon visage se déforme ; ma bouche s'agrandit ; mes narines s'ouvrent et mes lèvres deviennent pendantes ; mes oreilles s'allongent et se hérissent de poils.

Horrifié je découvre en me regardant... que je suis un âne ! Impossible de crier ma colère à Photis ! Je ne peux que lui adresser des reproches muets, les yeux pleins de larmes. Dès qu'elle me voit dans cet état, elle s'écrie en se frappant le visage :

– Malheureuse, je suis perdue, je me suis trompée de boîte ; elles se ressemblent toutes ! et j'étais si pressée. Mais ne t'inquiète pas : le remède à cette métamorphose est facile à trouver : tu n'as qu'à mâcher des roses, j'irai t'en acheter demain matin, et aussitôt tu retrouveras ta forme humaine et tu me seras rendu, mon Lucius chéri.

Or, pendant la nuit, des voleurs pénètrent dans la maison et volent l'âne Lucius pour transporter le butin. S'ensuivent alors de nombreuses péripéties : Lucius passe de main en main, tente plusieurs fois de s'enfuir, il connaît la faim, reçoit des coups, mène une vie de misère... Il finit enfin par assister à une procession religieuse et mange la couronne de roses portée par le prêtre et, à la stupeur générale, il reprend sa forme humaine...

Apulée, *L'Âne d'or ou Les Métamorphoses*,
livre III, 21-24, adapté du latin.

AI-JE BIEN LU ?

1. Qui sont Pamphile et Photis ?
2. En quoi Pamphile se métamorphose-t-elle ?
3. Quelle demande Lucius fait-il à Photis ?
4. En quoi se métamorphose-t-il ?

J'ANALYSE LE TEXTE

Sorciers et apprentis sorciers

— Pamphile

5 **a.** Pour quelle raison la sorcière Pamphile veut-elle se métamorphoser ?
b. Quelles pratiques magiques accomplit-elle pour cela ? Citez le texte (l. 11-17).
c. Sa métamorphose est-elle définitive ou peut-elle retrouver sa forme normale ?

— Photis

6 **a.** Photis est-elle une vraie sorcière ?
b. Pourquoi aide-t-elle Lucius ?
c. Quelle erreur commet-elle ? Citez ses paroles.

7 Lucius a-t-il été prudent dans sa tentative ? De quoi s'assure-t-il avant de se métamorphoser (l. 29-31) ?

Les métamorphoses

8 Pour la métamorphose de Pamphile (l. 15-21) et celle de Lucius (l. 44-53) relevez :
a. les parties du corps transformées ; en quoi le sont-elles ?
b. les verbes de transformation.

9 Quel remède mettra fin à chacune de ces métamorphoses ?

TEXTE 2 CHARLES PERRAULT

Cendrillon

Charles Perrault (1628-1703) est le premier grand auteur de contes en France. À la mort de sa femme, il s'occupe de l'éducation de ses jeunes enfants et publie en 1697 un recueil de huit contes merveilleux, les Contes de ma mère l'Oye, *dont fait partie « Cendrillon ».*

La pauvre Cendrillon est le souffre-douleur de ses deux sœurs qui lui font faire tous les travaux du ménage. Un jour, un bal est donné par le prince ; les deux sœurs refusent d'emmener Cendrillon, qui les regarde partir en pleurant.

Cendrillon les suivit des yeux le plus longtemps qu'elle put ; lorsqu'elle ne les vit plus, elle se mit à pleurer. Sa marraine qui la vit toute en pleurs, lui demanda ce qu'elle avait.

– Je voudrais bien... je voudrais bien...

Elle pleurait si fort qu'elle ne put achever. Sa marraine, qui était fée, lui dit :

– Tu voudrais bien aller au bal, n'est-ce pas ?

– Hélas oui, dit Cendrillon en soupirant.

– Hé bien, seras-tu bonne fille[1] ? dit sa marraine, je t'y ferai aller.

Elle la mena dans sa chambre, et lui dit :

– Va dans le jardin et apporte-moi une citrouille.

1. Bonne fille : fille obéissante.

Cendrillon alla aussitôt cueillir la plus belle qu'elle put trouver, et la porta à sa marraine, ne pouvant deviner comment cette citrouille la pourrait faire aller au bal. Sa marraine la creusa, et n'ayant laissé que l'écorce, la frappa de sa baguette, et la citrouille fut aussitôt changée en un beau carrosse tout doré. Ensuite elle alla regarder dans sa souricière, où elle trouva six souris toutes en vie ; elle dit à Cendrillon de lever un peu la trappe de la souricière, et à chaque souris qui sortait, elle lui donnait un coup de baguette, et la souris était aussitôt changée en un beau cheval ; ce qui fit un bel attelage de six chevaux, d'un beau gris de souris pommelé[2].

Comme elle était en peine de[3] quoi elle ferait un cocher[4] :

– Je vais voir, dit Cendrillon, s'il n'y a point quelque rat dans la ratière, nous en ferons un cocher.

– Tu as raison, dit sa marraine, va voir.

Cendrillon lui apporta la ratière, où il y avait trois gros rats. La fée en prit un d'entre les trois, à cause de sa maîtresse barbe[5], et l'ayant touché, il fut changé en un gros cocher, qui avait une des plus belles moustaches qu'on ait jamais vues.

Ensuite elle lui dit :

– Va dans le jardin, tu y trouveras six lézards derrière l'arrosoir, apporte-les-moi.

---

2. Pommelé : couvert de taches rondes.
3. Était en peine de : ne savait pas.
4. Cocher : personne qui conduit les carrosses.
5. Sa maîtresse barbe : sa belle barbe.

Elle ne les eut pas plus tôt apportés que la marraine les changea en six laquais[6], qui montèrent aussitôt derrière le carrosse avec leurs habits chamarrés[7], et qui s'y tenaient attachés, comme s'ils n'eussent fait autre chose toute leur vie.

La fée dit alors à Cendrillon :

– Hé bien, voilà de quoi aller au bal, n'es-tu pas bien aise ?

– Oui, mais est-ce que j'irai comme cela avec mes vilains habits ?

Sa marraine ne fit que la toucher avec sa baguette, et en même temps ses habits furent changés en des habits de drap d'or et d'argent tout chamarrés de pierreries ; elle lui donna ensuite une paire de pantoufles de verre, les plus jolies du monde. Quand elle fut ainsi parée, elle monta en carrosse ; mais sa marraine lui recommanda sur toutes choses de ne pas passer minuit, l'avertissant que si elle demeurait au bal un moment davantage, son carrosse redeviendrait citrouille, ses chevaux des souris, ses laquais des lézards, et que ses vieux habits reprendraient leur première forme. Elle promit à sa marraine qu'elle ne manquerait pas de sortir du bal avant minuit.

Charles Perrault, « Cendrillon ou la petite pantoufle de verre »,
dans *Histoires ou contes du passé, avec des moralités* (1697).

---

6. Laquais : serviteurs.
7. Chamarrés : colorés et richement ornés.

AI-JE BIEN LU ?

1 À quelle festivité les sœurs de Cendrillon se rendent-elles ?
2 Pourquoi Cendrillon pleure-t-elle ?
3 **a.** Quel personnage merveilleux lui vient en aide ?
b. De quelle façon ?

J'ANALYSE LE TEXTE

Les métamorphoses

4 Quel objet magique la fée utilise-t-elle ?
5 **a.** Quels sont les éléments, végétaux et animaux, qui se métamorphosent ?
b. En quoi sont-ils métamorphosés ?
c. Montrez en citant le texte que la plupart d'entre eux gardent des traces de leur état premier.
6 Quelle métamorphose les vêtements de Cendrillon subissent-ils ?

Les conditions

7 Toutes ces métamorphoses seront-elles bénéfiques à Cendrillon ? Justifiez votre réponse.
8 **a.** Quelle condition la fée impose-t-elle à Cendrillon ?
b. Que se passera-t-il si Cendrillon ne respecte pas cette condition ?

TEXTE 3 MADAME LEPRINCE DE BEAUMONT

La Belle et la Bête

Après Charles Perrault (XVIIe siècle), la vogue des contes de fée se poursuit en France au XVIIIe siècle avec Mme Leprince de Beaumont (1711-1780) qui a écrit Le Magasin des enfants *(1757), recueil de contes où figure « La Belle et la Bête ».*

Au retour d'un voyage, le père de la Belle cueille une rose pour sa fille dans un jardin. Or, le maître des lieux, une Bête horrible, le condamne à mourir pour le vol de cette rose ; il accepte cependant qu'une de ses filles prenne sa place. La Belle se sacrifie donc et va vivre dans le château de la Bête qui satisfait à tous ses désirs, sans lui faire aucun mal. La Belle finit par apprécier la compagnie de la Bête, malgré sa laideur, mais repousse ses demandes en mariage.

La Belle demande un jour à la Bête la permission d'aller voir son père, malade de chagrin. Celle-ci l'y autorise à condition qu'elle ne s'absente pas plus de huit jours ; elle lui donne une bague magique qui lui permettra de se déplacer. Mais la Belle, retenue par ses sœurs jalouses, dépasse le délai. La dixième nuit, elle voit dans un rêve la Bête mourante. Prise de remords, elle met la bague et se retrouve au château. Elle cherche la Bête désespérément.

Après avoir cherché partout, elle se souvint de son rêve et courut dans le jardin vers le canal où elle l'avait vue en dormant.

Elle trouva la pauvre Bête étendue, sans connaissance[1] et crut qu'elle était morte. Elle se jeta sur son corps sans

1. **Sans connaissance :** évanoui.

avoir horreur de sa figure et sentant que son cœur battait encore, elle prit de l'eau dans le canal et lui en jeta sur la tête. La Bête ouvrit les yeux et dit à la Belle :

– Vous avez oublié votre promesse ! Le chagrin de vous avoir perdue m'a fait résoudre[2] à me laisser mourir de faim ; mais je meurs content puisque j'ai le plaisir de vous revoir encore une fois.

Walter Crane (1845-1915), *La Belle apprend à aimer la Bête*, 1874, illustration.

2. M'a fait résoudre : m'a décidé.

– Non, ma chère Bête, vous ne mourrez point ! lui dit la Belle. Vous vivrez pour devenir mon époux. Dès ce moment, je vous donne ma main et je jure que je ne serai qu'à vous. Hélas ! je croyais n'avoir que de l'amitié pour vous, mais la douleur que je sens me fait voir que je ne pourrais vivre sans vous voir.

À peine la Belle eut-elle prononcé ces paroles qu'elle vit le château brillant de lumières. Les feux d'artifice, la musique, tout lui annonçait une fête ; mais toutes ces beautés n'arrêtèrent point sa vue. Elle se retourna vers sa chère Bête dont l'état faisait frémir. Quelle ne fut pas sa surprise ? La Bête avait disparu, et elle ne vit plus à ses pieds qu'un prince plus beau que l'Amour, qui la remerciait d'avoir rompu son enchantement[3].

Quoique ce prince méritât toute son attention, elle ne put s'empêcher de lui demander où était la Bête.

– Vous la voyez à vos pieds, lui dit le prince. Une méchante fée m'avait condamné à rester sous cette figure jusqu'à ce qu'une belle fille consentît à m'épouser, et elle m'avait défendu de faire paraître mon esprit[4]. Ainsi il n'y avait que vous dans le monde pour vous laisser toucher par la bonté de mon caractère : en vous offrant ma couronne, je ne puis m'acquitter des obligations que j'ai pour vous[5].

La Belle, agréablement surprise, donna la main à ce beau prince pour le relever. Ils allèrent ensemble au château.

Mme Leprince de Beaumont, « La Belle et la Bête », 1757.

---

3. Enchantement : sortilège, pouvoir magique dont on est prisonnier.
4. Esprit : intelligence.
5. Je ne puis... pour vous : je ne peux suffisamment vous remercier de ce que je vous dois.

AI-JE BIEN LU ?

1 Qui retient la Belle prisonnière ? Dans quel lieu ?
2 Comment la Belle est-elle traitée ?
3 **a.** Pourquoi s'est-elle absentée ?
b. Pourquoi est-elle rentrée d'urgence ?
4 Dans quel état retrouve-t-elle la Bête ?
5 À quelle métamorphose assiste-t-elle ?

J'ANALYSE LE TEXTE

Métamorphose et amour

6 **a.** Pourquoi la Bête est-elle mourante ?
b. Comment la Belle tente-t-elle de ranimer la Bête ?
7 Quel sort avait été jeté à la Bête ? Comment pouvait-elle se libérer de ce sort ?
8 **a.** Quel sentiment la Belle éprouve-t-elle pour la Bête (l. 13-18) ? Ses sentiments ont-ils évolué ?
b. Quelles paroles de la Belle provoquent la métamorphose de la Bête ?
c. Quel est le pouvoir de l'amour ?

Beauté physique, beauté morale

9 Quel est l'aspect physique de la Bête ?
10 **a.** Qu'est-ce qui est plus important : les qualités du cœur ou les qualités physiques ?
b. À quelles qualités la Belle a-t-elle été sensible ?
c. Comment est-elle récompensée ?

TEXTE 4 LEWIS CARROLL

Alice au pays des merveilles

Né en Angleterre, Lewis Carroll (1832-1898) est professeur de mathématiques à l'université d'Oxford. Il écrit Alice au pays des merveilles *(1865), un récit fantaisiste et merveilleux pour distraire les filles du directeur de l'université, en particulier la petite Alice Liddell.*

Par un après-midi d'été, Alice s'est endormie dans l'herbe quand elle voit soudain passer un lapin blanc qui s'écrie en courant : « Oh, mon Dieu ! Je vais être en retard ! » Elle le suit jusque dans son terrier et se trouve entraînée dans d'étranges aventures. Après avoir bu une boisson qui l'a fait grandir démesurément, elle avale un petit gâteau qui la fait rapetisser.. Elle rencontre alors une chenille, assise sur un champignon, qui se met à lui parler..

– Qui es-tu ?

Ce n'était pas un début de conversation très encourageant. Alice répondit d'un ton timide :

– Je.. Je.. ne sais pas très bien, madame, du moins pour l'instant.. Je sais qui j'étais quand je me suis levée ce matin, mais je crois qu'on a dû me changer plusieurs fois depuis ce moment-là.

– Que veux-tu dire ? demanda la Chenille d'un ton sévère. Explique-toi !

– Je crains de ne pas pouvoir m'expliquer, madame, parce que je ne suis pas moi, voyez-vous !

– Non, je ne vois pas.

– J'ai bien peur de ne pas pouvoir m'exprimer plus clairement, reprit Alice avec beaucoup de politesse, car, tout d'abord, je ne comprends pas moi-même ce qui m'arrive, et, de plus, ça vous brouille les idées de changer si souvent de taille dans la même journée.

– Pas du tout.

– Vous ne vous en êtes peut-être pas aperçue jusqu'à présent; mais, quand vous serez obligée de vous transformer en chrysalide[1] (ça vous arrivera un de ces jours, vous savez), puis en papillon, je suppose que ça vous paraîtra un peu bizarre.

– Certainement pas.

– Il est possible que ça ne vous fasse pas cet effet-là, mais, tout ce que je sais, c'est que ça me paraîtrait extrêmement bizarre, à moi.

[..] Alice garda le silence : jamais elle n'avait été contredite tant de fois, et elle sentait qu'elle allait se mettre en colère.

– Es-tu satisfaite de ta taille actuelle? demanda la Chenille.

– Ma foi, si ça vous était égal, j'aimerais bien être un tout petit peu plus grande ; huit centimètres, c'est vraiment une bien piètre[2] taille.

– Moi, je trouve que c'est une très bonne taille ! s'exclama la Chenille d'un ton furieux, en se dressant de toute sa hauteur. (Elle avait exactement huit centimètres.)

---

1. Chrysalide : enveloppe de l'insecte, à l'état de chenille, avant qu'il ne devienne papillon.
2. Piètre : petite.

– Mais, moi, je n'y suis pas habituée ! dit Alice d'une voix pitoyable[3], afin de s'excuser. Et elle pensa : « Je voudrais bien que toutes ces créatures ne se vexent pas si facilement ! »

– Tu t'y habitueras au bout d'un certain temps, affirma la Chenille. [...]

Puis, elle descendit du champignon et s'éloigna dans l'herbe en rampant, après avoir prononcé ces simples mots :

– Un côté te fera grandir, l'autre côté te fera rapetisser.

– Un côté de quoi ? L'autre côté de quoi ? pensa Alice.

– Du champignon, dit la Chenille, exactement comme si la fillette avait posé ses questions à haute voix. Après quoi elle disparut.

Lewis Carroll, *Les Aventures d'Alice au pays des merveilles*,

3. Pitoyable : malheureuse, digne de pitié.

AI-JE BIEN LU ?

1. Qui est Alice ? Que lui est-il arrivé d'étrange ?
2. Quel personnage rencontre-t-elle ?
3. De quoi Alice se plaint-elle ?
4. Quelle plante Alice reçoit-elle ? Quel est son pouvoir magique ?

J'ANALYSE LE TEXTE

Le dialogue entre Alice et la chenille

5. Qui engage la conversation ?
6. **a.** Qui utilise le tutoiement ? le vouvoiement ?
b. Sur quel ton chaque personnage parle-t-il ? Appuyez-vous sur les verbes de parole (l. 1-17).
7. Alice a-t-elle l'impression d'être comprise ? À quel moment commence-elle à s'énerver ?

Les changements physiques

— Le trouble d'Alice

8. **a.** Montrez qu'Alice est troublée (l. 4-17). Relevez les verbes de forme négative et ceux exprimant la crainte, la ponctuation des lignes 4-7.
b. Pourquoi l'est-elle ?
c. Expliquez les expressions : « je sais qui j'étais » (l. 5) et « parce que je ne suis pas moi » (l. 11).
9. Sur quelle durée temporelle Alice a-t-elle subi des changements de taille ? Citez le texte.

— Apprendre à grandir

10. Quelle est la taille actuelle d'Alice ? Quelle taille voudrait-elle avoir ? Citez le texte (l. 33-35).

QUESTIONS SUR LE TEXTE 4

11 **a.** Quelles métamorphoses la chenille va-t-elle elle-même subir ? Citez le texte.
b. Comprend-elle le trouble d'Alice ?
c. Montrez qu'elle lui apprend à s'accepter.
12 Que lui donne-t-elle pour l'aider ?
13 Selon vous, est-il difficile de grandir ?

LIRE LA SUITE DU TEXTE

Alice suit le conseil de la chenille et se met à grignoter un côté du champignon : elle rapetisse de façon inquiétante. Elle essaie alors l'autre côté, et son cou et sa tête s'allongent au-dessus des arbres. En grignotant tantôt un côté, tantôt l'autre, elle finit par retrouver sa taille normale.

Il y avait si longtemps que cela ne lui était pas arrivé qu'elle se sentit d'abord toute drôle ; mais elle s'y habitua en quelques minutes, et commença à parler toute seule, selon son habitude :
– Et voilà ! j'ai réalisé la moitié de mon projet ! Comme tous ces changements sont déconcertants ! D'une minute à l'autre je ne sais jamais ce que je vais être ! En tout cas j'ai retrouvé ma taille normale ; reste maintenant à pénétrer dans le beau jardin[1], et ça, je me demande comment je vais m'y prendre. »

Lewis Carroll, *Les Aventures d'Alice au pays des merveilles*,
© Pauvert, département de la Librairie Arthème Fayard, 1961,
2000 pour la traduction française.

1. Le beau jardin : dans le terrier du lapin, Alice a entrevu, derrière une petite porte, un magnifique jardin.

TEXTE 5 J.K. ROWLING

Harry Potter et la Coupe de feu

J.K. Rowling (née en 1965), romancière anglaise, a créé le célèbre personnage de Harry Potter, un jeune sorcier qui suit des cours de métamorphoses à l'école de Poudlard (Harry Potter et la Coupe de feu, *2000). La scène suivante se déroule dans le hall de l'école des sorciers de Poudlard. Ron Weasley, un ami de Harry Potter, est victime de moqueries et brimades de la part d'un autre élève, Drago Malefoy. Harry Potter prend sa défense et insulte Malefoy. Ce dernier riposte en lançant, avec sa baguette magique, un sort brûlant qui frôle la joue de Harry. Un « bang » retentit alors dans le hall, puis un deuxième ; et une voix rugissante s'élève...*

– PAS DE ÇA, MON BONHOMME !

Harry fit volte-face. Le professeur Maugrey[1] descendait en claudiquant[2] les marches de l'escalier de marbre. Il avait sorti sa baguette magique et la pointait droit sur une fouine[3] qui tremblait de tout son corps sur le sol recouvert de dalles, à l'endroit exact où s'était trouvé Malefoy quelques instants auparavant.

Un silence terrifié régna soudain dans le hall. À part Maugrey Fol Œil[4], personne n'osait faire un geste. Maugrey regarda Harry – de son œil normal, l'autre étant tourné vers l'arrière de sa tête.

– Tu as été touché ? grogna Maugrey.

---

1. Maugrey : nouveau professeur de défense contre les forces du Mal.
2. Claudiquant : boitant à cause de sa jambe de bois.
3. Fouine : petit mammifère carnivore, au corps mince et au museau allongé.
4. Fol Œil : œil magique de Maugrey, grand et rond, d'un bleu vif.

Sa voix était grave et rocailleuse[5].

– Non, répondit Harry, il m'a raté.

– LAISSE-LE ! s'écria Maugrey.

– Laisse quoi ? demanda Harry, sans comprendre.

– Pas toi, lui ! gronda Maugrey en montrant du pouce par-dessus son épaule Crabbe[6], qui venait de s'immobiliser au moment où il s'apprêtait à ramasser la fouine. Apparemment, l'œil mobile de Maugrey était magique et lui permettait de voir derrière sa tête.

Maugrey s'avança en boitant vers Crabbe, Goyle et la fouine qui poussa un couinement terrifié et fila vers l'escalier qui menait au sous-sol du château.

– Non, pas par là ! rugit Maugrey en pointant à nouveau sa baguette magique sur la fouine qui fit un bond de trois mètres, retomba avec un bruit sourd sur le sol, puis s'éleva à nouveau dans les airs. Je n'aime pas les gens qui attaquent par-derrière, grogna-t-il, tandis que la fouine faisait des bonds de plus en plus hauts en lançant des cris de douleur. C'est lâche, c'est minable, c'est répugnant…

La fouine fut à nouveau projetée en l'air, agitant inutilement sa queue et ses pattes.

– Ne-refais-jamais-ça ! lança Maugrey, en détachant chaque mot au rythme des bonds et des chutes de la fouine.

– Professeur Maugrey ! s'exclama une voix d'un ton scandalisé.

Le professeur McGonagall[7] descendait l'escalier de marbre, les bras chargés de livres.

5. **Rocailleuse :** rauque, râpeuse.
6. **Crabbe, Goyle :** amis de Malefoy.
7. **McGonagall :** sorcière stricte et sévère, professeur de métamorphose.

– Bonjour, professeur, dit calmement Maugrey qui continuait de faire bondir l'animal de plus en plus haut.

– Que... Qu'est-ce que vous faites ? balbutia le professeur McGonagall en suivant des yeux l'animal qui se tortillait dans les airs.

– J'enseigne, répondit-il.

– Vous ens... Maugrey, c'est un élève ? s'écria le professeur McGonagall d'une voix suraiguë en laissant tomber ses livres par terre.

– Ouais, dit Maugrey.

– Non ! hurla McGonagall qui dévala l'escalier, sa baguette magique en avant.

Un instant plus tard, il y eut un craquement sonore et Drago Malefoy réapparut, recroquevillé sur le sol, ses cheveux blonds et soignés tombant sur son visage qui était devenu d'un rose brillant. Il se releva en faisant une grimace.

– Maugrey, nous n'avons jamais recours à la métamorphose pour infliger des punitions ! dit le professeur McGonagall d'une voix faible. Le professeur Dumbledore[8] vous l'a sûrement précisé ?

– Il y a peut-être fait allusion, c'est possible, répondit Maugrey en se grattant le menton d'un air indifférent.

J. K. Rowling, *Harry Potter et la Coupe de feu*, traduit de l'anglais par Jean-François Ménard, © Éditions Gallimard Jeunesse, p. 218-220, *Harry Potter and the Globet of Fire*, © J. K. Rowling, 2000.

8. Dumbledore : directeur de l'école de Poudlard.

QUESTIONS SUR LE TEXTE 5

AI-JE BIEN LU ?

1 **a.** Dans quel lieu la scène se déroule-t-elle ?
b. Quel acte agressif a été commis ?
c. Qui est l'agresseur ? Qui est l'agressé ?
2 Quel personnage est métamorphosé ? En quoi ? Par qui ?
3 **a.** La métamorphose est-elle définitive ?
b. Qui intervient pour y mettre fin ?

J'ANALYSE LE TEXTE

Conflit entre élèves

4 **a.** Quels sont les élèves impliqués dans le conflit ?
b. Quel est l'élève à l'origine du conflit ? Qu'a-t-il fait ? Reportez-vous au hors-texte.
c. Pourquoi Harry Potter intervient-il dans ce conflit ?

Métamorphose et punition

5 **a.** Par quel moyen le professeur Maugrey métamorphose-t-il l'élève fautif ?
b. Citez les mots et procédés typographiques montrant sa colère (l. 1-36).
6 **a.** La métamorphose est-elle immédiate ou progressive ?
b. Montrez, en citant le texte, que la punition est très violente (l. 22-45).
c. Vous semble-t-elle adaptée à la faute qui a été commise ?
7 **a.** La métamorphose est-elle une punition autorisée par le règlement de l'école ? Citez le texte.
b. Le professeur Maugrey accepte-t-il volontiers le rappel à la loi de sa collègue ? Appuyez-vous sur leur dialogue.

Les pirates
métamorphosés
en dauphins,
vase étrusque,
vers 550 av. J.-C.,
Toledo, Museum of Art.

Dieux et métamorphoses à travers les arts

Dieux et métamorphoses à travers les arts

Les Métamorphoses ont connu un grand succès à travers les siècles et ont été la source d'inspiration de nombreuses œuvres artistiques.

1. La peinture

— Nicolas Poussin et la peinture classique

Nicolas Poussin (1594-1665) est né près des Andelys en Normandie. Ses dons pour le dessin le conduisent bientôt à **apprendre la peinture** à Paris où il travaille comme **apprenti** dans des ateliers de maître.

En 1622, Poussin se lie avec un poète italien, renommé à la cour de France, qui lui demande d'**illustrer *Les Métamorphoses* d'Ovide**. Il lui permettra d'accomplir le **voyage à Rome** dont il rêve tant.

Poussin réalise la **majorité de ses chefs-d'œuvre** à Rome. Sa renommée atteignant Paris, il est invité en 1640 par Richelieu et Louis XIII à **Fontainebleau** où il est chargé des « travaux de décoration pour les demeures royales ». Mais cette charge ne l'intéresse guère et Poussin n'aime pas l'esprit qui règne à la cour : **il retourne à Rome** où il restera jusqu'à la fin de sa vie. Il s'éteint le 19 novembre 1665, alors que ses mains ne parviennent plus à tenir les pinceaux.

Poussin est le premier peintre français de l'**art classique**, dont les principes sont fondés sur **l'ordre, l'équilibre et l'harmonie**. Ses sujets sont inspirés de la **Bible** et de la **mythologie antique**.

► LE QUESTIONNAIRE ASSOCIÉ AU TABLEAU *ÉCHO ET NARCISSE* SE TROUVE P. 150

Carlo Saraceni et la peinture baroque

Né à Venise, Carlo Saraceni (1579-1620) vit la majeure partie de son temps à Rome. Il y subit l'influence de plusieurs peintres, en particulier celle du **peintre baroque le Caravage** (1571-1610). La peinture baroque, qui privilégie **le mouvement et le spectaculaire**, se plaît à illustrer les scènes de métamorphoses. Le tableau *La Chute d'Icare* présente le **moment tragique et précis de la chute du jeune garçon** sous les yeux de son père. La présence de spectateurs, un cavalier et un pêcheur, contribuent à **théâtraliser la scène**.

▶ LE QUESTIONNAIRE ASSOCIÉ AU TABLEAU *LA CHUTE D'ICARE* SE TROUVE P. 151

2. L'art de la sculpture ou statuaire

Un sculpteur grec : Phidias

Phidias (vers 490-432 avant J.-C.) est un **célèbre sculpteur athénien** de l'époque classique. Son ami Périclès, qui dirige la ville d'Athènes, lui confie en 447 avant J.-C. la construction d'un nouveau **temple en l'honneur d'Athéna**, le **Parthénon**.

Maître d'œuvre des travaux, Phidias en a conçu les plans et réalisé les **sculptures**, avec son atelier. La frise qui décore la partie supérieure du temple est un **bas-relief** en marbre du **mont Pentélique** (Grèce). Un bas-relief est une sculpture **légèrement en relief**, réalisée sur un fond de pierre.

Cette frise, d'une longueur de 160 mètres, qui se déroulait de manière continue sur les quatre côtés du Parthénon, représente la **procession des Panathénées** (fêtes en l'honneur d'Athéna, protectrice d'Athènes). On y voyait un long cortège de citoyens s'avancer vers la face Est où les attendent **les dieux assemblés**.

Cette œuvre a les caractéristiques de l'**art classique grec** (Ve siècle avant J.-C.) : **respect de l'anatomie**, **proportions idéales**, rendu du **mouvement** et des **drapés** qui semblent plaqués contre la peau. Phidias donne ainsi une **image vivante** des dieux et des hommes.

▶ LE QUESTIONNAIRE ASSOCIÉ À CETTE SCULPTURE SE TROUVE P. 153

— Un sculpteur italien : le Bernin

La métamorphose de la nymphe Daphné en laurier a inspiré l'artiste et sculpteur italien **le Bernin**.

Gian Lorenzo Bernini, dit **le Bernin** (1598-1680) était sculpteur, architecte, décorateur, peintre et poète. La statue représentant *Apollon et Daphné*, sculptée alors qu'il avait vingt ans, est **une ronde-bosse**, c'est-à-dire un ouvrage de sculpture en relief, posé sur un socle et autour duquel on peut tourner. Le matériau utilisé est le **marbre de Carrare (Italie)**, marbre réputé pour sa finesse et sa couleur.

Le Bernin se rattache à l'**art baroque** qui cherche à suggérer la vie et le mouvement. Il est particulièrement célèbre pour sa façon de représenter la **torsion** des corps, les **expressions des visage**s et les **différentes matières**, y compris les plus fines (tissus, cheveux, chair...).

▶ LE QUESTIONNAIRE ASSOCIÉ À CETTE SCULPTURE SE TROUVE P. 152

3. L'art de la céramique

L'art de la céramique (**ou poterie**) est pratiqué par les artistes **potiers** et les **peintres**. Il atteint sa perfection **à Athènes à partir du** VIe **siècle avant J.-C.**

Les potiers façonnaient avec de l'argile des vases dont la forme, la taille et le volume variaient selon l'utilisation qui en était faite. Par exemple :

– le **cratère** à large embouchure permet de mélanger le vin, l'eau, les épices ;
– l'**amphore**, de forme ovale, est utilisée pour conserver les liquides ;
– l'**hydrie**, cruche à eau, sert à transporter l'eau des fontaines.

La poterie est **décorée de motifs variés** : scènes mythologiques ou de la vie quotidienne, scènes de guerre, jeux sportifs... On distingue :
– la technique de la **figure noire sur fond rouge** (la plus ancienne, vers 550 avant J.-C.) ;
– la technique de la **figure rouge sur fond noir.** On appelle « rouge » la couleur naturelle de l'argile.

Le vase est constitué d'une **anse** (pour le tenir), d'un **col** (partie rétrécie en haut du vase), d'une panse (corps du vase) et d'un pied.

▶ LE QUESTIONNAIRE ASSOCIÉ À LA CÉRAMIQUE SE TROUVE P. 153

4. La littérature et le cinéma

Les Métamorphoses ont été la **source d'inspiration** de nombreuses œuvres littéraires. Le thème de la métamorphose se retrouve, par exemple, aussi bien dans un roman de l'**Antiquité** (Apulée p. 124) que dans les **contes merveilleux** (« **Cendrillon** » de Charles Perrault au XVIIe siècle (p. 128) ; « **La Belle et la Bête** » de Mme Leprince de Beaumont au XVIIIe siècle (p. 132) ; ***Alice au pays des merveilles*** de Lewis Carroll au XIXe siècle (p. 136) ou la **série fantastique *Harry Potter***, de J.K. Rowling au XXIe siècle (p. 141).

Grâce aux **effets spéciaux**, le **cinéma** permet de montrer des **métamorphoses amusantes** (***Pinocchio*** de Walt Disney, 1930) ou **spectaculaires** : ***Le Choc des Titans*** de Louis Leterrier, ou la saga (série) ***Harry Potter*** produite par la Warner Bros (2001-2011).

Enfin, les **super-héros des BD américaines** se métamorphosent à l'écran (*X-Men, Spider-Man ou L'Homme araignée, L'Incroyable Hulk*...).

ÉTUDIER UN TABLEAU : *ÉCHO ET NARCISSE*, NICOLAS POUSSIN

Vous trouverez cette œuvre en 2e de couverture de cet ouvrage.

NATURE ET COMPOSITION

❶ **a.** Identifiez l'auteur du tableau, l'époque, ses dimensions.
b. Quelle est la technique utilisée ?
❷ Qui est représenté au premier plan, au second plan, à l'arrière-plan ?
❸ Dans quelle figure géométrique les personnages s'inscrivent-ils ? Appuyez-vous sur les lignes passant par leurs regards.
❹ D'où vient la lumière ? Quel personnage met-elle en valeur ?

LA SCÈNE REPRÉSENTÉE

— La métamorphose de Narcisse

❺ Dans quel cadre la scène se déroule-t-elle ?
❻ **a.** À quel endroit précis Narcisse se trouve-t-il ?
b. Pour quelle raison meurt-il à cet endroit ?
c. Comment l'artiste a-t-il rendu la beauté de son corps ?
d. En quoi Narcisse va-t-il se métamorphoser ? Quel élément, sur sa tête, annonce la métamorphose ?

— Écho et Cupidon

❼ **a.** Quels sont les attributs du petit Cupidon ?
b. Pourquoi l'artiste choisit-il de le faire figurer dans cette scène ?
❽ **a.** En quoi Écho se métamorphose-t-elle dans la légende ?
b. Montrez que, sur le tableau, elle commence à se confondre avec la pierre. Appuyez-vous sur les couleurs, les formes.

LES SYMBOLES

❾ Quelle est la saison représentée ? Que symbolise-t-elle ?
❿ Que peut symboliser la torche que Cupidon tient à la main ?
⓫ Montrez que la métamorphose de Narcisse permet d'associer la mort à la vie et au renouveau.

ÉTUDIER UN TABLEAU : *LA CHUTE D'ICARE*, CARLO SARACENI

Vous trouverez cette œuvre en 3e de couverture de cet ouvrage.

UNE COMPOSITION DRAMATIQUE

1 **a.** Identifiez l'auteur du tableau, l'époque, ses dimensions.
b. Quelle est la technique utilisée ?

2 **a.** Dans quel paysage la scène se déroule-t-elle ?
b. Est-il paisible ? Annonce-t-il le drame qui va se produire ?

3 **a.** Qui sont les personnages ? Situez-les dans le tableau.
b. Lesquels sont des témoins de la scène ? Comment attirent-ils l'attention du spectateur sur Dédale et Icare ?

4 **a.** Observez la ligne formée par les ailes et les bras de Dédale et d'Icare. Sur quel élément se prolonge-t-elle ?
b. Quel personnage est le plus proche de cet élément ?
c. Quelle en est la conséquence ?

5 Tracez la ligne verticale au milieu du tableau. Quelle partie est assombrie par les nuages ? Quelle partie est dans la lumière ?

UNE SCÈNE SPECTACULAIRE

6 **a.** Quelle métamorphose Dédale a-t-il voulu accomplir ?
b. De quoi les ailes sont-elles faites ?

7 **a.** Comparez la position du père et du fils. Lequel se déplace sur une ligne horizontale ? Lequel sur une ligne oblique ?
b. Comment l'artiste a-t-il ainsi donné l'impression qu'Icare est en chute libre ? Qu'advient-il de ses ailes ?

8 Observez le visage de Dédale et les mains des personnages.
a. Quels sentiments Dédale éprouve-t-il ?
b. Comment tente-t-il de sauver son fils ?

9 **a.** Quelle couleur attire l'attention du spectateur ? Que symbolise-t-elle ici ?
b. De quelles fautes Dédale et Icare sont-ils punis ?

ÉTUDIER UNE SCULPTURE : *APOLLON ET DAPHNÉ*, LE BERNIN

Vous trouverez cette œuvre en p. 13 de cet ouvrage.

L'IDENTIFICATION DE L'ŒUVRE

❶ **a.** Qui est l'auteur de la sculpture ? À quel siècle a-t-il vécu ?
b. De quel pays est-il originaire ?
c. À quel âge a-t-il réalisé cette sculpture ?

❷ Sur quoi la sculpture est-elle posée ? Peut-on en faire le tour ?

❸ Quel est le matériau utilisé ?

LA REPRÉSENTATION DE LA MÉTAMORPHOSE

❹ Identifiez les personnages. Quel moment de la poursuite l'artiste a-t-il choisi de représenter ?

❺ Comment l'artiste a-t-il réussi à donner l'illusion du mouvement (attitudes des personnages, vêtements, chevelures) ?

❻ **a.** Quel personnage se métamorphose ? En quoi ?
b. Décrivez les détails de la métamorphose.

❼ **a.** Montrez que les personnages sont positionnés sur une diagonale. Où commence-t-elle ? Où finit-elle ?
b. Quel personnage semble s'élancer vers le ciel ? Pourquoi ?

❽ Observez les visages : quel sentiment chacun semble-t-il exprimer ?

LE TRAVAIL DE L'ARTISTE

❾ **a.** Relevez des éléments qui vous paraissent finement sculptés. L'effet est-il réaliste ?
b. Le matériau utilisé (qualité du grain, brillance) contribue-t-il à la finesse de l'ouvrage ?

❿ En quoi peut-on dire que le sculpteur a le pouvoir de métamorphoser la matière ?

⓫ Que ressentez-vous face à cette sculpture ?

ÉTUDIER UN BAS-RELIEF ET UNE CÉRAMIQUE

Vous trouverez ces œuvres en p. 22 et p. 145 de cet ouvrage.

BAS-RELIEF (p. 22)

La nature de l'œuvre

1 **a.** À quelle époque la frise a-t-elle été réalisée ? Quel bâtiment orne-t-elle ?
b. À quel sculpteur est-elle attribuée (voir « Repères » p. 147) ?
c. Quelle est la technique utilisée ? Avec quel matériau ?

Le conseil des dieux

> Le cortège des Panathénées est accueilli par un conseil des dieux dont on possède un fragment.

2 **a.** Qui sont les dieux représentés ? Sont-ils de face ou de profil ? **b.** Ont-ils leurs attributs habituels ?
3 **a.** Décrivez-les (attitude, vêtement, visage, coiffure).
b. Les visages sont-ils tournés dans la même direction ? Sont-ils figés ou semblent-ils vivants ?
4 Comment l'artiste a-t-il rendu la beauté des corps et la fluidité des étoffes ?
5 Quelle image Phidias donne-t-il des dieux ?

CÉRAMIQUE ÉTRUSQUE (p. 145)

Une scène de métamorphose

1 Quelle était la fonction de l'hydrie ?
2 Le vase représenté est-il à figures rouges ou noires ?
3 Décrivez la scène figurant sur la panse. **a.** Qui est métamorphosé ? En quoi ? **b.** En combien d'étapes la métamorphose s'effectue-t-elle ? **c.** Comment la mer est-elle représentée ?
4 Dans quelle partie les pirates sont-ils encore des hommes ?

INDEX

Les notions

Les exercices sur la langue

Les exercices d'écriture

Le saviez-vous ?

TABLE ICONOGRAPHIQUE

Plat 2	ph ©	Josse / Leemage
Plat 3	ph ©	www.bridgemanart.com
2 à155	ph ©	Char de Phaéton gravure de Thomas de Leu / Archives Hatier
6	ph ©	Luisa Ricciarini / Leemage
13	ph ©	Jemolo / Leemage
22	ph ©	John Hios / Akg-Images
35	ph ©	Washington, National Gallery of Art
43	ph ©	Médiathèque Centrale Émile Zola, Montpellier Méditerranée Métropole
56, 61	ph ©	Archives Hatier
85	ph ©	Erich Lessing / Akg-Images
109	ph ©	Josse / Leemage
123		Coll. Christophel
133	ph ©	Fototeca / Leemage
145	©	The Toledo, Museum of Art, Ohio Gift of Edward Drummond Libbey

Iconographie : Hatier Illustrations
Graphisme : Mecano – Laurent Batard
Mise en page : Alinéa
Édition : Raphaële Patout

Achevé d'imprimer par Black Print CPI Iberica S.L.U - Espagne
Dépôt légal 99137-0/02 - janvier 2016